시니어 신무협 장편소설
ORIENTAL FANTASY STORY & ADVENTURE

일보신권 ③

dream books
드림북스

일보신권 3
장건이 커가는 법

초판 1쇄 인쇄 / 2009년 8월 24일
초판 1쇄 발행 / 2009년 9월 3일

지은이 / 시니어

발행인 / 오영배
편집장 / 김경인
펴낸 곳 / (주)삼양출판사 · 드림북스

주소 / 서울특별시 강북구 미아8동 322-10호
대표 전화 / 02-980-2112 팩스 / 02-983-0660
편집부 전화 / 02-980-2116 팩스 / 02-983-8201
홈페이지 / www.sydreambooks.com

등록번호 / 제9-00046호
등록일자 / 1999년 3월 11일

ⓒ 시니어, 2009

값 8,000원

(주)삼양출판사 · 드림북스의 서면 허락 없이는 어떠한
형태나 수단으로도 이 책의 내용을 이용하지 못합니다.

ISBN 978-89-542-3284-5   04810
ISBN 978-89-542-3281-4   (세트)

* 지은이와 협의하에 인지는 생략합니다.
* 잘못된 책은 구입한 곳에서 바꾸어 드립니다.

시니어 신무협 장편소설
ORIENTAL FANTASY STORY & ADVENTURE

일보신권 ③

장건이 커가는 법

dream books
드림북스

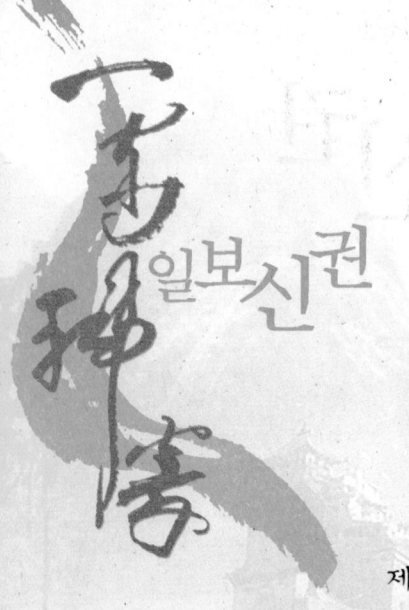

일보신권

목차

제1장 짧은 인연   *007*

제2장 어른이 되기   *043*

제3장 소림의 내분   *077*

제4장 빨래터의 장건   *099*

제5장 맞으면 아프다　147

제6장 합체!　179

제7장 안법, 새로운 세상을 보다　211

제8장 검은 점의 정체　243

제9장 독선(毒仙)의 방문　275

제1장

짧은 인연

해가 서산으로 넘어가는 조용한 오후.

소림사 뒤편 어람봉에서는 작고 사소하지만 당사자들에게는 결코 잊혀지지 않을 만한 일이 벌어지고 있었다.

제갈가의 호위 무사 두필호는 식은땀을 뻘뻘 흘리며 이 상황에서 어떻게 대처를 해야 하나 고민했다.

두필호가 모시고 있는 제갈영이 속가 제자인 아이와 투닥거리고 다투다가 부끄러운 꼴을 당했던 것이다. 속가 제자 아이의 손이 고즈넉이 제갈영의 가슴 위에 올려져 있었다.

물론 제갈영의 손 위이긴 하지만, 강호에서 이런 일이 벌어졌다면 당장 색마니 뭐니, 손목을 잘라 버려야 한다느니 하는 말이 나올 법한 일이었다.

그런데 그게 일부러 그런 것도 아니고, 더구나 상대가 소림의 승려가 직접 지도하고 있던 아이이니 다짜고짜 으름장을 놓을 수도 없었다.

'따지고 보면 먼저 손을 쓴 것은 작은 아가씨니까.'

그래서 두필호는 걱정이었다. 만약 이 일을 전 가주 제갈립에게 말한다면 무슨 일이 벌어지게 될까?

가뜩이나 손녀를 보물처럼 여기는 제갈립이다.

'큰일이구나.'

두필호는 장건이라는 속가 제자 아이와 제갈영의 반응을 기다렸다. 둘의 반응이 어떻게 나오느냐에 따라 두필호가 취해야 할 행동도 결정될 수 있을 터였다.

한데 장건과 제갈영은 동상처럼 굳어서 움직일 생각을 하지 않았다.

제갈영의 표정은 떨떠름하다. 워낙 제갈립이 금이야 옥이야 귀하게 키운 탓에 제갈영은 세상 물정도 모르고 또래에 비해 딱히 조숙한 편도 아니었다.

하지만 언니들이나 시비들에게 들은 말이 있는지라 전혀 아무렇지 않은 건 아니었다.

탁.

제갈영이 장건의 손을 쳐냈다.

"치워. 언제까지 이러고 있을 거야?"

"으, 응."

장건은 왜 그런지도 모르게 얼굴이 빨개져서는 손을 움츠렸다.

제갈영이 허리춤에 손을 턱하니 얹고 말했다.

"네가 지금 이 아가씨에게 흑심을 품었다 이거지?"

"아, 아냐."

"그럼 왜 죄지은 사람처럼 고개를 숙이지? 네가 당당하다면 그럴 필요가 없잖아."

"난 그냥……."

장건은 손을 매만졌다.

손끝에 살짝 닿은 묘한 부드러운 감촉.

장건의 기억 속에서 그 감촉이 떠올랐다.

"엄마……."

"응?"

뜻밖의 말에 제갈영이 반문했다.

"뚱딴지처럼 왜 엄마를 찾는담?"

장건은 갑자기 눈시울이 뜨거워졌다.

벌써 집을 떠나온 지 7년이 넘었다. 매일 밤 잘 때마다 엄마의 품에서 가슴을 조물딱거리며 잠들었던 생각이 난다.

엄마 냄새와 부드럽고 푹신한 엄마의 품. 푹 파묻혀도 부족함이 없던 말랑하고 커다란 가슴.

"엄마가 보고 싶어. 집에도 가고 싶고……."

"……."
"……."
"왜 엄마를 찾느냐니까?"
"여기 온 뒤로 한 번도 못 봤거든."
"아니, 갑자기 엄마 생각난 이유가 뭐냐고!"
제갈영의 볼이 씰룩거렸다.
"엄마 가슴 만지면서 자던 생각이……."
제갈영은 순간 울컥했다.
"야! 그러니까 너 지금 너네 엄마보다 내 가슴이 작다고 무시하는 거잖아!"
"어?"
어쩌다가 말이 그렇게 되는 거지?
장건이 아무 말도 못하고 눈만 끔벅거리는데 제갈영이 번개처럼 손을 뻗었다.
"넌 죽었어."
분노를 담은 제갈영의 천리삼수가 장건의 어깨를 낚아채려 들었다.
장건은 깜짝 놀라 어깨를 틀었다.
"가뜩이나 언니들도 매일 놀리는데 내가 왜 생전 처음 보는 거지한테 이런 얘기를 들어야 해!"
촤악.
마치 그물이 펴지듯 제갈영의 손이 펴졌다.

장건은 정신이 바짝 들었다. 어린 여자아이의 손놀림이라고는 보기 어려운 현묘한 동작이었다.

슥슥.

장건은 아까처럼 가볍게 제갈영의 손을 피하는 듯 보였다. 그러나 나름대로는 감각에 온 신경을 집중하고 있는 상태였다.

'정말 이상한 무공이네.'

그물처럼 촘촘히 뻗어오는 손을 모두 피한다는 건 어려운 일이었다. 그런데 가만히 보면 그 뻗어오는 손들은 어쩐지 쓸데없는 것처럼 느껴졌다.

그 중에서 유독 불편하지 않게 보이는 손이 바로 빈틈이었다. 그 손을 노리면 희한하게도 백발백중으로 공세를 막을 수 있었다.

특이하게도 빈틈이 드러난 손을 노리다가도 갑자기 그 방향에서 불편한 기운이 느껴지면 손을 떼어야 했다. 다른 방향에서 편한 느낌이 생겨나기 때문이었다.

그래서 장건은 약간 주저주저하는 모양새로 제갈영의 손을 막을 수밖에 없었다. 용조수로 반격해야 할 부분이 매번 변하니 함부로 손을 뻗을 수가 없었던 것이다.

두필호는 끼어들어야 하나 말아야 하나 고민하고 있다가, 장건의 움직임을 보고 '흠' 하며 낮은 신음소리를 냈다.

'아가씨의 천리삼수가 완벽하지 않다 해도 용케 잘 벗어나

고 있구나.'

제갈영은 잡힐 듯 잡힐 듯 잡히지 않으니 더욱 성질만 날 뿐이다.

"아우! 열 받아!"

제갈영은 위태위태하면서도 자신의 손에서 미꾸라지처럼 빠져 나가는 장건이 얄미워졌다.

제갈영이 손을 멈추고 씩씩거리며 말했다.

"난 아직 애잖아! 넌 애가 가슴만 이따만 하면 그게 보기 좋겠냐?"

한숨 돌린 장건이 대답했다.

"아, 아니. 그런 건 아니지만……."

"신경질 나. 불쌍해서 도와주려다가 이게 무슨 망신이람?"

제갈영이 홍! 하고 두필호를 잡아끌었다.

"아저씨, 가. 나 재랑 있기 싫어."

두필호는 당황했다.

"하지만 아가씨, 나으리께서 예서 기다리라 하시지 않았습니까."

"그럼 아저씨는 나더러 여기 계속 있으라는 말이야? 이런 모욕을 당하고도?"

"그게……."

두필호는 말을 얼버무렸다.

'원래는 가슴을 만졌다고 화를 내야 하는 거 아닌가?'

그때 장건이 제갈영에게 말했다.
"미안해. 내가 말한 건 그런 뜻이 아니었어."
"뭐?"
제갈영이 장건을 새초롬하게 노려보았다.
"그럼 무슨 뜻이었는데?"
"어, 그러니까 어······."
두필호가 급하게 전음을 날렸다.
『무조건 예쁘다고 해. 빨리!』
괜히 말실수해서 상황을 더 꼬이게 만들 필요는 없었다.
장건은 귓가에 이상한 말이 들려와 놀랐지만 순순히 따랐다.
"우리 엄마만큼 너도 예쁘다고. 그런 말이었어."
효과가 있을까 싶었는데 제갈영의 표정이 조금 누그러졌다.
"흐응? 정말?"
"응."
"너희 엄마가 그렇게 예쁘셔?"
"응. 아버지가 그러는데 젊었을 때 엄마가 산서성의 최고 미녀랬어."
정말인지 아닌지 몰라도 산서성의 최고 미녀와 비교한다는 데에 기분이 나쁘진 않았다.
제갈영이 어깨를 으쓱거렸다.
"좋아. 이번만은 봐주겠어. 어차피 나도 몇 년만 있으면 산서성은 물론이고 무림 최고의 미녀가 되어 있을 테니까."

화가 풀린 것 같자 장건이 쑥스럽게 웃었다.

두필호도 속으로 안도의 한숨을 내쉬었다.

'다행이군.'

일이 크게 번지지 않아 정말 다행이었다.

"할아버지는 왜 안 오시지? 아까 다른 스님도 올라가셨는데. 하암."

제갈영은 지루해졌는지 하품을 했다. 한바탕 싸울 땐 언제고 그새 아무렇지 않게 있는 제갈영이다.

두필호가 싱긋 웃음을 지었다.

'아가씨의 변덕은 못 말린다니까.'

장건도 별로 할 일이 없어 제갈영의 곁에 함께 쪼그리고 앉아 있었다.

문득 제갈영이 장건을 돌아보며 묻는다.

"그런데 넌 몇 살이니?"

"나 열다섯 살."

"에에? 정말?"

"응."

"거짓말! 그런데 나보다 키도 별로 안 크잖아."

장건이 머리를 긁적거렸다.

"열다섯 살 맞아. 그러는 넌 몇 살인데?"

"어…… 어, 난 열세…… 살."
"그럼 내가 오빠네?"
제갈영이 찡그렸다.
"웃겨? 내가 왜 처음 보는 사람을 오빠라고 불러야 돼?"
"부르기 싫으면 부르지 마."
어딜 봐도 오빠라는 느낌이 전혀 안 들었다. 그래서 더욱 제갈영은 그렇게 부를 수가 없었다.
"흥! 못 먹어서 안 큰 거 아냐? 나보다 훨씬 크지도 않은 사람한테 오빠라고 부를 순 없어."
"그럼 부르지 마."
장건은 별 뜻 없이 말했지만 제갈영은 어쩐지 기분이 나빠졌다.
"난 밑지고는 못 살아. 오빠라고 부르지 않는 대신 내가 내려가서 맛있는 거 사줄게."
'맛있는 거'란 말에 장건은 잠시 우물쭈물하다가 한숨을 쉬며 대답했다.
"좀 있으면 저녁 공양시간인걸."
제갈영이 아랫입술을 삐죽 내밀었다.
"끝까지 오빠라는 소리를 듣고 싶다 이거지?"
"아냐. 정말로 괜찮다니까?"
왜 이 아이는 이렇게 막무가내일까? 하지만 장건은 제갈영이 그다지 밉지 않았다.

"너는 괜찮아도 난 안 괜찮아!"
제갈영이 갑자기 소리를 지르자 장건은 깜짝 놀랐다.
"너 정말 안 괜찮은가 보다. 왜 화를 내?"
"왜 싫다는 거야?"
"노사님께 혼나."
"몰래 먹으면 되잖아."
"안 돼. 앞으로 3년 동안은 노사님의 말을 잘 따라야 해."
"3년 있으면 집에 가는 거야?"
"응."
"그럼 나중에 3년 있다가 내가 맛있는 거 사줄게. 배 터지게. 그럼 되지?"
"아냐. 나도 집에 가면 맛있는 거 많이 먹을 수 있어."
제갈영이 눈을 찡그렸다.
"집이 어딘데?"
"산서성이야."
"우리 집은 호북성인데."
"그렇구나."
잠시 말이 끊겼다.
그때까지도 제갈립들이 내려오지 않자 심심해진 제갈영이 결국 다시 입을 열었다.
"심심한데 우리 다시 겨뤄보자."
"엉?"

"아까처럼 비무하자고."
"하지만 난 할 줄 아는 게 그것밖에 없는데? 게다가……."
"게다가 뭐?"
굉목은 가능하면 무공을 쓰지 말라고 당부를 했었다. 특히나 단전이 회복된 것이 들통 나지 않도록 내공은 절대로 써서는 안 된다고 했다.
"괜찮아, 괜찮아."
제갈영은 싫다는 장건을 억지로 잡아끌면서 두필호를 보고 물었다.
"해도 되지?"
두필호가 곤란한 표정을 지었다.
제갈영이 언제 화를 내며 돌변할지 알 수 없는 노릇이었다.
"그냥 겨뤄보는 거야. 걱정하지 마."
두필호가 고개를 끄덕였다.
"그렇게 하세요."
"거 봐."
제갈영의 입장에서는 장건과 겨루는 것이 그리 나쁘지 않았다. 장건이 자신을 아프게 하는 것도 아니고 함부로 때리지도 않아서 마음 놓고 무공을 펼칠 수 있었다.
무엇보다 계속 이길 수 있을 것 같으면서도 어쩌지 못하니 약간 안달이 나 있기도 했다.
제갈영이 훌쩍 장건과 몇 걸음을 떨어지더니 주먹을 감싸쥐고 꾸벅 포권을 했다.

"잘 부탁해."

제갈영이 마음대로 행동하는 데도 장건은 제갈영이 별로 싫지 않았다. 그동안 친구가 없었기에 그랬는지, 아니면 다른 이유 때문인지는 스스로도 알지 못했다.

"그럼 노사님이 오실 때까지만이다?"

"알았어. 간다아!"

제갈영이 천리삼수의 금나수법으로 장건의 팔을 노렸다. 장건은 그가 아는 유일한 금나수법인 용조수로 제갈영을 마주 상대해 갔다.

아까는 깜짝 놀라 제대로 힘을 썼던 장건이었지만 이번에는 더 신중했다. 무엇보다 내공을 쓰지 않는 것이 중요했다.

전과 달리 어느 정도 내공을 조절할 수 있게 되어서 정신만 집중하고 있으면 절로 내공이 움직이지는 않았다. 게다가 내공을 사용하지 않더라도 용조수는 손에 익은 수법이라 크게 불편함이 없었다.

어차피 제갈영도 내공이 그리 깊지 않은 터라 둘은 엎치락뒤치락하며 손재주를 겨루었다.

타타탁!

연신 손이 부딪치고 빠르게 공방이 이어졌다.

성취는 낮아도 제대로 된 금나수를 배웠기에 제갈영의 손놀림은 나쁘지 않았다. 이불 접기에 최적화된 용조수를 가진 장건보다도 정확한 수법을 사용하고 있었다.
 장건은 교본처럼 기술을 펼쳐내는 제갈영의 금나수를 보면서 오히려 배우는 게 있었다.
 '어쩐지…… 재밌네.'
 장건의 입가에 흐뭇한 미소가 떠올랐다.
 그러나 정작 제갈영은 다른 생각을 하고 있었다.
 '우씨! 두고 봐. 팔을 비틀어서 땅에 꿇린 다음에 엉덩이를 걷어차 줄 테니까!'
 제갈영은 단순히 겨루는 것으로 끝낼 생각이 결코 아니었다.

     *   *   *

 "거 참……."
 제갈립은 해가 서산에 걸쳐질 무렵까지 진법의 비밀을 밝혀내지 못했다. 원래 진법이라는 게 그리 쉽게 해법을 찾아낼 수 있는 건 아니었지만, 그렇다 해도 실마리 하나 찾아내지 못한 것은 그의 자존심에 큰 상처였다.
 "진법하면 제갈세가라더니 그 말이 다 헛소문이었구만?"
 홍오의 핀잔에 고개도 못 들 지경이다.
 저녁즈음 백의전의 일을 끝내고 합류한 굉충이 제갈립의 편을 들었다.

"사백님. 이게 보통 진법이라면 이미 사백님께서 알아내시지 않았겠습니까."

"뭐, 그야 그렇지."

"흐음."

제갈립은 진법이 펼쳐져 있는 홍오의 텃밭을 가만히 응시했다. 그의 발아래에는 수십 번이나 쓰고 지운 복잡한 글자들의 흔적이 남아 있었다.

"아무래도 이상하군."

제갈립의 말에 굉충이 물었다.

"뭐가 말인가?"

"내가 아는 진법을 총 동원해 봐도 이 진법과 비슷한 것이 하나도 없네. 아니, 비슷하다고 해도 해(解)가 들어맞는 것이 전혀 없으이."

"그렇다면 자네 얘기는 이게 진법이 아닐 수도 있다는 뜻인가?"

"속단은 못하겠지만……."

"하지만 진법이 아니라면 이런 느낌이 들 수가 없질 않은가."

굉충도 분명 압박감을 느꼈다. 그렇기에 더더욱 진법이라 확신하고 있었다.

"잠시만."

제갈립이 돌연 눈을 감았다.

그러더니 탄성을 내뱉는다.

"허어!"
"왜 그러나?"
굉충과 홍오가 이상한 눈으로 제갈립을 보았다.
"두 분 다 눈을 감아 보시지요."
굉충과 홍오는 의아해하면서도 눈을 감았다.
그와 동시에 둘의 입에서도 탄성이 튀어나온다.
"어허!"
"이런 일이!"
눈을 뜬 제갈립이 물었다.
"어떻습니까?"
굉충이 대답했다.
"눈을 감는 순간 압박감이 해소되었네."
홍오도 고개를 끄덕였다.
"정말 그렇군."
"진법의 영향이라면 혹여 눈을 감는다 해도 이런 느낌은 지워지지 않아야 정상입니다."
"그렇다면 이건……."
제갈립이 대답 대신 걸음을 옮겼다.
"위험하네!"
굉충이 말렸으나 제갈립은 조심스럽게 한 발 한 발을 떼었다. 그렇게 열 발짝 정도를 걸어 들어갔음에도 그에게는 아무런 이상이 없었다.

제갈립이 뒤를 돌아보며 손을 들어 보였다.

"아무 일도 일어나지 않는군. 진법이 아니었어."

굉충과 홍오도 제갈립을 따라 들어갔다. 그 둘 역시 아무런 영향을 받지 않았다.

"이, 이런."

"이게 말이 되나?"

홍오가 허탈해하며 뒷짐을 지었다.

"헐. 그럼 이 답답한 느낌은 도대체 무엇일꼬? 설마하니 느낌만 요상한 진법이라는 건 아니겠지?"

"글쎄요. 아무튼 좀 더 조사해 볼 가치는 있는 것 같습니다."

제갈립과 굉충은 벌써 돌아다니면서 주변을 탐사하고 있었다. 아무래도 신기한 모양이었다.

홍오도 세심하게 주변을 살폈다. 제갈립이나 굉충과 달리 홍오는 이 속임수 진법을 만든 범인의 흔적을 찾고 있었다.

"반드시 밝혀내주마."

고수인 그가 마음만 먹는다면 작은 흔적이라도 찾아낼 수 있을 터였다.

그러나.

그날 해가 다 넘어갈 때까지 셋은 아무런 흔적도, 어떤 방법으로 이런 느낌을 가지게 되었는지도 알아낼 수 없었다.

제갈립이 허리를 펴고 한숨을 쉬었다.

"오늘은 안 되겠군. 내일 다시 와야겠어. 영이도 기다리고 있을 테고."
굉충도 동의했다.
"나도 내일은 할 일을 미루고서라도 옴세."
홍오는 더 찾아보고 싶었지만 이미 시간이 늦어 어쩔 수가 없었다.
"그래. 일단 내려들 가게."
"내일 뵙겠습니다, 어르신."
"편히 쉬십시오, 사백."
제갈립과 굉충은 떨어지지 않는 발걸음을 억지로 떼어 산을 내려갔다.
둘의 뒷모습을 보던 홍오가 고개를 좌우로 흔들었다.
"가만? 그러고 보니 굉목 놈이 뭔가 아는 눈치였는데? 혹시……."
그러나 굉목은 진법의 진 자도 제대로 모른다. 그렇다고 진법의 전문가를 데려다 이런 일을 벌일 만한 융통성도 없다.
"에잉! 아무튼 간에 어떤 나쁜 놈이 나를 골리려고 이런 짓을 했는지 몰라도 잡히기만 해봐라. 내 결단코 가만두지 않을 테니."

　　　　*　　*　　*

"씨이!"

제갈영의 얼굴에는 땀이 범벅이었다.

거의 비등비등한 공방이었지만 장건은 거의 땀을 흘리지 않았다. 결과적으로 제갈영이 진 것이다.

제갈영은 볼을 부풀렸다.

"왜 안 잡히지? 계속 내가 유리한 방위를 점하고 있었는데."

"글쎄?"

장건은 머리를 긁적이며 웃었다. 내공을 사용하지 않아서 쉽진 않았지만 덕분에 금나수에 대해서 많이 배우게 되었다.

한쪽 구석에서 지켜보고 있던 굉목이 말했다.

"제갈 전가주께서 내려오시는구나. 이제 그만하도록 해라."

"예, 노사님."

"씨잉, 조금만 더 하면 이길 수 있을 텐데."

장건과 제갈영의 말이 엇갈렸다.

제갈영은 새초롬하게 장건을 째려보았다.

복수를 하려고 했는데 실패해서 그런지 장건이 곱게 보이지 않았다.

참으로 신기한 일이었다.

장건의 용조수는 극히 단조로워서 변칙이 없었다. 손목을 잡거나 팔꿈치 안쪽을 쳐서 팔을 접고 양 손등을 밀어 팔을 교차시키듯 접는 수법.

달랑 그 한 가지뿐이다.

그에 비하면 제갈영은 천리삼수를 육성까지는 익히고 있었다.
 진법에서 상대를 사문으로 몰듯 허점을 유도해서 빈틈을 파고드는 건천야(乾天也).
 협공하는 진세처럼 어깨의 견정과 손목의 맥문을 동시에 노리는 곤지야(坤地也).
 다수로 개개를 상대하듯 상대를 수세로 몰아넣어 팔꿈치를 뒤트는 수법 제출호진(帝出乎震).
 그 어느 수법도 장건에게는 통하지 않았다. 아니, 처음엔 통했다 싶었는데, 마지막 순간에 여지없이 장건의 손이 나타나 길을 가로막거나 자신의 손이 먼저 밀려났다.
 '이상하다. 마지막에도 건방에서 바로 곤방으로 방위를 바꿨는데 귀신같이 그걸 알아채고 막아내다니.'
 아무리 생각해도 마치 장건이 천리삼수를 알고 있는 듯했다.
 제갈영이 씩씩대며 장건을 노려보자 두필호가 말렸다.
 "아가씨. 그만 내려가셔야지요."
 "알았어!"
 제갈영은 굉목에게 공손하게 합장을 하고 장건에게는 새초롬한 눈으로 혀를 낼름 내밀었다.
 제갈영이 마음대로 되지 않자 중반부터 독기를 품고 맹공을 했기에 장건도 제갈영이 어떤 생각이었는지 어렴풋이 눈치챘다. 자꾸만 엉덩이 쪽으로 발길질을 하려 해서 더더욱 쉽게 알 수 있었다.

마침 꿩목까지 내려온 터라 더더욱 내공을 사용할 수 없어 수세에 몰리던 중이었다.

그런데 가만히 제갈영의 수법을 주시하다보니 어딘가 모르게 불편한 점들이 보였다. 제갈영의 손놀림에 따라 수시로 그 점들이 바뀌는데 적당한 때에 그 점을 따라 용조수를 뻗으면 자연스럽게 제갈영의 공세가 무뎌졌다.

천리삼수는 진법을 응용한 금나수법.

진법으로 따지자면 장건은 자신도 모르는 사이에 생문(生門)을 골라내고 있었던 것이다.

장건은 마음대로 못하고 씩씩대는 제갈영이 귀여워서 괜히 놀리고 싶어졌다.

그래서 꿩목이 보지 못하게 똑같이 혀를 내밀었다.

'메롱.'

나무토막처럼 가만히 서서 혀만 낼름 내민지라 왠지 더 가증스러워 보였다.

제갈영은 멍한 얼굴을 하더니 발을 동동 굴렀다.

"아이 씨! 화나 죽겠네."

"아가씨."

"알았다니까!"

두필호는 꿩목에게 합장을 하고 재빨리 제갈영을 데리고 갔다.
 제갈영이 뒤돌아보며 소리쳤다.
 "다음엔 안 봐준다아!"
 장건은 천연덕스럽게 손을 흔들었다.
 "안녕."
 멀리서 제갈립과 굉충이 굉목에게 합장을 하고 굉목도 마주 반장을 하며 고개를 숙였다.
 제갈영은 할아버지인 제갈립의 손을 잡고 산을 내려갔다. 내려가는 도중에도 몇 번이나 고개를 돌리며 주먹을 들어 보였다.
 장건은 그 모습이 너무 귀여워 자기도 모르게 웃었다.
 "하핫!"
 그 순간 굉목이 장건의 머리를 때렸다.
 딱!
 "아얏!"
 장건이 눈물을 글썽이며 뒤를 돌아보았다.
 "왜 때리세요?"
 "이놈아. 왜 남의 집 귀한 아이를 놀리고 난리야? 그냥 가만히 잘 가라 하면 되지, 왜 놀려?"
 "헉! 보셨어요? 노사님은 눈이 뒤에도 달리셨나봐요?"
 "그 정도는 보지 않아도 안다."
 굉목이 다시 주먹을 들자 장건이 슬쩍 옆으로 몸을 피했다.

"헤헤."

아까부터 웃음을 참지 못하고 있는 장건을 보니 굉목도 계속 화를 낼 수가 없었다.

"쯧. 그렇게 좋으냐?"

장건은 잠시 생각하다가 대답했다.

"뭐가 좋은진 모르겠는데 하여튼 재밌었어요."

산에 들어와 7년이나 심심하게 말도 없는 노인네나 상대하고 산 장건의 마음을 굉목이 왜 모르겠는가.

그런데 한편으로는 섭섭하다.

섭섭할 필요도, 이유도 없다는 걸 알면서 그런 기분이 들었다.

"그렇게 좋아하는 걸 보니 너도 슬슬 세상에 나갈 때가 된 모양이구나."

굉목은 저도 모르게 퉁명스럽게 말을 내던지고는 방 안으로 들어가 버렸다.

"예? 저 아직 3년이나 여기서 더 살아야 되는걸요?"

장건이 굉목의 등 뒤로 소리쳤지만 굉목은 들은 척도 하지 않았다.

"뭐 기분 나쁜 일이라도 있으셨나?"

장건은 고개를 갸웃거리다가 곧 관심을 돌렸다. 마당에 어지럽게 나 있는 발자국이 눈에 띈 것이다.

"저녁 공양 전에 마당이나 쓸어야겠다."

장건은 빗자루를 들고 마당을 쓸기 시작했다. 낙엽 같은 지저분한 것을 치운다기보다는 산만한 발자국을 지우는 비질이었다.

비질을 하면서도 괜히 웃음이 비죽 났다.

제갈영의 투정을 보다 보니 왠지 자신이 더 어른스러워진 것 같고, 귀여운 동생이 하나 생긴 기분이었다.

"나중에 집에 가면 엄마아빠한테 여동생 낳아달라고 해야겠다. 이왕이면 아까 그 애처럼 귀여운 애로."

장건은 콧노래까지 부르면서 천천히 마당을 쓸었다.

"또 봤으면 좋겠네. 다음엔 더 재밌게 놀아줘야지."

* * *

제갈영은 산을 내려가는 내내 입이 댓자나 나와 있었다.

제갈립이 조심스럽게 물었다.

"우리 영이가 왜 이리 기분이 안 좋을까?"

제갈영이 씩씩거리며 대답했다.

"있잖아요, 할아버지. 내 천리삼수가 그렇게 부족해요?"

"응? 그럴 리가 있느냐. 네 천리삼수는 내가 가르쳐 준 것인데."

함께 내려가던 굉충이 호기심을 가지고 물었다.

"암자에서 무슨 일이라도 있었던 게냐?"

제갈립도 궁금했는지 호위 무사인 두필호를 쳐다보았다. 두필호가 눈치 빠르게 대답했다.

"저……, 아가씨께서 암자에 있던 소림의 속가 제자 아이와 금나수 대결을 하셨습니다. 그때 천리삼수를 사용하셨지요."

"호오? 그런데 왜 천리삼수가 부족하단 얘기를 하는 거지?"

"승부가 나진 않았지만 상대방을 제압하지도 못하셔서 그런 말씀을 하시는 걸 겁니다."

"그래? 하긴 동공수련을 보니 기본은 탄탄해 보였다만, 그래도 내게 천리삼수를 배운 우리 영이가 이기지 못했단 말이지?"

그 말에 다른 사람보다도 제일 먼저 굉충의 눈이 번쩍 뜨였다.

굉목의 암자에 있는 아이는 다름 아닌 장건이다. 굉자배와 원자배의 논란의 중심에 있는 아이.

'그 아이라면 내공을 잃고 크게 다친 것으로 알고 있는데……. 벌써 몸이 나아 제갈가의 영애를 상대로 비등하게 겨루었단 말인가?'

무공을 사용할 정도로 몸이 빠르게 회복된 것도 놀라운 일이었지만, 그것은 그리 중요한 게 아니었다. 그때에 장건이 내공을 사용했는지 아닌지가 더 중요한 것이다.

장건은 단전의 내공을 완전히 잃어 더 이상 상승무공을 사용할 수 없다고 알려져 있었다. 그래서 원자배가 잠잠한 터다.

금나수의 수법으로 겨루는 일에 굳이 내공을 사용했다고는 볼 수 없지만, 만약 내공을 회복해 사용했다면 큰 사태가 벌어지고 마는 것이다.

제갈영이 제갈립의 팔에 매달려 칭얼거렸다.

"할아버지. 나 더 센 무공 가르쳐 줘. 꼭 복수해야 된단 말예요."

"허허, 이 녀석아. 천리삼수는 강호의 동도들이 이 할애비의 일절로 쳐주는 수법이다. 그게 센 무공이 아니면 뭐가 센 무공이라는 거냐."

"그 애가 사용했던 금나수는 왠지 더 좋아 보였단 말야."

"허어. 그게 대체 무슨 수법이었느냐?"

제갈립이 다시 두필호를 보았고, 두필호가 설명했다.

"아마도 제가 보기엔 소림의 용조수였던 것 같습니다. 제가 아는 용조수와 조금……, 다르긴 했지만 용조수가 분명합니다."

"소림의 용조수라면 강호에서 손꼽는 금나수법이긴 하지. 하지만 천리삼수도 용조수를 상대하기에는 부족하진 않은데……."

제갈립이 굉충의 어깨를 툭 쳤다.

"자넨 어떻게 생각하나?"

"그야 당사자 간의 성취가 더 중요하지 않겠는가."

제갈립이 노안을 번뜩이며 굉충을 훑어보았다.

"그으래? 그런데 이상하구만. 이상해."
"뭐가 말인가?"
"자네 성격상 '용조수가 천리삼수보다야 백배는 낫지!' 하고 대답해야 하는데 말일세."
제갈세가가 강호 체일의 두뇌집단이라는 명성답게 제갈립의 눈치는 재빨랐다.
굉충은 짐짓 너스레를 떨며 대답했다.
"어허, 무공의 상관관계가 어디 차례대로 순위를 매길 수 있을 정도로 단순하던가?"
그러나 장건에 대한 궁금증은 굉충도 마찬가지였다.
굉충이 재빨리 화제를 돌려 두필호에게 물었다.
"자네가 보기엔 혹시 두 아이 간에 내공 차이가 났는가?"
직접적으로 내공을 사용했냐고는 물을 수 없었다.
두필호는 잠시 생각하며 쉽사리 대답하지 못했다.
그도 그럴 것이 처음에는 제갈영이 손도 쓰지 못할 정도로 좋은 움직임을 보였으나, 정작 대결을 할 때에는 어딘가 부족해 보일 정도로 부자연스러운 손놀림을 보였기 때문이다.
봐주었다고 하기에도 애매한 그런 움직임이었다.
"본가의 아가씨께서는 아직 천리삼수에 내공을 실을 줄 모르시고, 소림의 속가 제자 아이는 내공을 사용했는지는 알 수 없으나 적어도 제가 볼 땐 서투른 면이 없잖아 있었습니다. 아직은 내공을 이용하는 법은 모르는 듯 보였습니다."

두필호는 내공을 사용했다면 장건은 좀 더 쉽게 제갈영을 상대할 수 있었을 거란 결론을 내렸다.
굉충은 한시름을 덜었다. 완전히 마음을 놓은 것은 아니나 당장 큰일이 생기진 않을 터였다.
"그랬구먼."
제갈립이 눈을 가늘게 뜨고 굉충을 계속 훑어본다.
"수상해. 이상한 게 아니라 수상해. 자파의 제자 얘기를 왜 남한테서 듣는 게야?"
"험험. 이 사람이 왜 이러나? 그냥 궁금해서 그런 걸세."
"궁금하긴. 소림의 백의전주가 속가 제자 아이 하나가 뭐 그리 궁금한가?"
"험험."
"요즘 소림의 분위기가 심상치 않다던데……. 뭔가 관련이 있는 게 아닌가?"
굉충에게는 다행스럽게도 제갈영이 투정을 부렸다.
"할아버지이! 왜 다른 얘기해요? 영이 화났단 말예요."
"오냐오냐. 그런데 나야 그 광경을 안 봤으니 알 수가 있나. 자네가 좀 얘기해 주게. 나도 궁금하니 말이야."
두필호는 장건의 수법이 용조수라는 걸 한눈에 알아본 실력 있는 무인이다.
두필호가 제갈영에게 설명했다.
"아가씨. 천리삼수는 무궁무진한 변화보다는 철저한 역학으로 상대를 옭아매는 수법입니다. 무조건 빠르게 펼친다고 상대를 제압할 수는 없습니다. 상대가 천리삼수의 묘용에 말려들도록 강약을 조절해야 하지요."

제갈영이 귀를 쫑긋 세우고 들었다.

"강약의 조절이 부족하면 천리삼수의 묘용을 살리지 못하고 변화와 속도로만 상대하게 됩니다. 천리삼수가 평범한 금나수가 되어 버리는 것이지요. 제가 볼 때에는 변화는 아가씨가 우세했으나 손의 빠름은 그 아이 쪽이 우위에 있었다고 봅니다."

제갈영이 물었다.

"금나수에서는 변(變)이 쾌(快)를 이길 수도 있잖아."

"수를 읽히면 그것도 소용이 없지요. 하지만 상대도 아가씨의 수를 완전히 읽지는 못했으니 완전한 우세를 점할 수도 없었던 것입니다. 아가씨가 계속해서 공세를 유지했던 것이 그러한 이유입니다."

"흐응."

그래도 제갈영은 개운해하는 얼굴이 아니었다.

'아저씨 말은 틀렸어. 걔는 마치 천리삼수를 다 알고 있는 것 같았어. 내가 변을 제대로 못해서 그런 게 아닌걸.'

뾰족한 칼끝 수십 개가 꽂힌 사이로 단 하나의 빈틈이 있을 뿐인데, 그 빈틈 사이로 쓱 손을 집어넣은 것처럼 제갈영의 수법이 전부 읽혔던 것이다.

제갈립이 말했다.

"할애비는 이곳에 내일 또 와야 하니까 오늘 연습을 해서 내일 다시 겨뤄보거라."

"정말?"

제갈영은 뭔가 생각하는 듯하더니 제갈립을 붙들었다.

"할아버지가 가르쳐 줄 거예요?"

"허허. 할애비는 오늘 할 일이 좀……."

"가르쳐 줘요! 내가 꼭 이겨야 된단 말야!"

"허허허허."

제갈립은 사실 진법 생각으로 가득해 있었다. 밤새 굉충과 토론을 해도 시간이 모자랄 것 같아 아쉽다.

하지만 막내 손녀의 부탁을 무시할 수도 없었다.

"알았다. 할애비가 가르쳐 줄 테니 그 뒤는 혼자서 연습하는 거다?"

"응! 알았어요."

어찌 보면 진법을 연구하는 동안 제갈영이 심심하지 않게 놀 수 있는 동무를 얻었으니 나쁜 일만은 아니었다.

제갈영은 조그맣고 하얀 손을 뽀득 소리가 나게 쥐었다.

'내일은 꼭 엉덩이를 걷어 찰 테다. 그리고 막 놀릴 거야. 흥! 생긴 것도 비실비실해 가지구!'

그러나 제갈영의 바람은 끝내 이루어지지 못했다.

그날 밤, 굉충이 원자배의 집단 항의를 받은 까닭이었다.

*　　*　　*

굉충은 저녁 예불이 끝난 직후 천불전주 원당과 문수각주 원전의 갑작스런 방문을 받았다.
"사숙께서 너무 경솔하셨습니다."
평소 사람 좋기로 유명한 굉충도 이때만은 얼굴에서 웃음기를 싹 지울 수밖에 없었다.
"이게 무슨 짓인가?"
"그건 저희가 드릴 말씀입니다. 외부인을 어람봉에 들이시다니요. 지금 소림이 어떤 상황인지 몰라서 그러십니까?"
제갈립과 제갈영이 어람봉에 간 것을 어떻게 알았는지 그 문제를 거론하고 나선 것이다.
"소림의 상황이라면 내가 적어도 사질들보다는 더 잘 알고 있을 걸세!"
"저희가 볼 땐 사숙께서 모르시는 것 같습니다."
"뭐라고?"
원당과 원전은 딱딱하게 굳은 굉충의 표정에는 아랑곳 않고 계속해서 말했다.
"강호의 모든 눈이 소림을, 홍오 사백조와 장건이란 아이를 향해 있습니다. 이런 마당에 외부인을 만나게 하시면 어쩌냔 말씀입니다."
굉충이 눈살을 찌푸렸다.

"제갈 전가주는 내 오랜 친우이고 손녀는 어린아이일세. 그 둘이 어람봉에 올랐다 해서 무슨 큰일이 벌어진단 말인가! 아무리 곧 원자배가 소림을 이끌어갈 것이라 하나 자네들이 이러는 모습이 가히 보기 좋지는 않네."

"하나의 눈이라도 더 줄이고 하나의 입이라도 막아야 할 판입니다. 저희의 행동이 보기 좋으냐 좋지 않으냐를 떠나서 소림의 사활이 걸린 문제입니다. 더구나 제갈세가의 사람이라면 더욱 주의해야 하지 않습니까."

"허어!"

굉충이 노기어린 어조로 탄성을 내뱉었다.

"자네들이 지금 나를 충고한단 말인가?"

"저희는 지금 사질로서 찾아뵌 것이 아닙니다. 이것은 저희 원자배 모두의 뜻입니다."

굉충의 눈에 불이 켜졌다.

"그래서? 자네들이 원하는 것이 무엇인가!"

"듣자하니 내일도 또 어람봉을 찾으신다 하더군요. 즉각 철회하여 주시기 바랍니다. 굳이 이런저런 이유를 따지지 않아도 어람봉은 허가받지 못한 외인출입이 금지된 금역입니다."

소실산의 봉우리들에는 지난 오랜 세월 동안 많은 고승들이 암자를 짓고 거하였다. 젊었을 적에는 소림을 위해 본산에서 생활하다가 나이가 들면 직무에서 물러나 조용한 암자를 찾는 것이다.

때문에 암자나 석굴에는 고승들이 남긴 무학이나 심득이 고스란히 남아 있는 경우가 더러 있었다.

이 때문에 소림이 아니더라도 산중에 자리한 대부분의 문파에서는 외부인의 출입을 상당히 엄격하게 규제하곤 했다.

그러나 지금 원자배가 요구하는 것은 그러한 이유 때문이 아니었다. 출입허가라면 백의전주의 권한으로 어느 정도 허용이 가능했다. 지금 원당과 원전이 말하는 것은 그저 핑계거리 중의 하나에 불과했다.

외인을 함부로 들인 것은 굉충의 잘못일 수도 있다 하나 제갈립은 그것을 따질 필요가 없는 막역한 지기였다. 목숨을 내어 놓으라 해도 함부로 소림에 대해 발설을 할 이가 아니었다.

원당과 원전은 그것을 깡그리 무시해 버린 것이다.

굉충의 삶에서 오랜 기간 차지해 온 친우와의 신뢰를!

굉충이 노기를 띠고 말했다.

"충고나 권유가 아니라 강제적인 권고처럼 들리는군. 내가 틀렸나?"

원당과 원전이 연이어 대답했다.

"소림을 위하는 일에 권유와 권고가 어디 있겠습니까. 저희는 그저 사숙께서 잘 알아서 처신하실 거라 믿습니다."

"아미타불, 그럼 저희는 이만."

원당과 원전이 반장을 하며 물러났다.

굉충은 좀처럼 마음을 진정시키지 못하다가 겨우 안정을 되찾았다.

"소림이 벼랑 끝에 몰렸다고 하나 끝까지 지켜야 할 것이 있는 법. 어찌하여 원자배는 오래되고 낡은 것을 밀어내려고만 하는가. 그리 보채지 않아도 머잖아 소림은 자네들의 손에 맡기어질 것인데!"

굉충은 길게 한탄하며 고개를 저었다.

짙게 깔려오는 어둠의 그림자가 굉충의 쓸쓸한 기분을 더욱 가라앉게 만들었다.

제2장

어른이 되기

"이놈!"
돌연 들려온 불호령에 장건은 정신이 번쩍 들었다.
"아주 넋을 놓고 있구나. 넋을 놓고 있어."
굉목의 부릅뜬 눈을 보면서 장건이 헤실거렸다.
"헤헤."
"웃지 마라, 이놈아."
장건은 입을 삐죽 내밀며 굉목을 외면했다. 굉목은 그런 장건을 보며 혀를 찼다.
'이 녀석이 아주 단단히 마음을 빼앗긴 모양이구나.'
장건은 오늘따라 정신이 다른 데에 팔려 있었다. 그 이유를 굉목이 모를 리 없었다.
 아침 공양 때부터 괜히 멍한 얼굴을 하는가 하면, 점심이 다 지나도록 산 아래를 보면서 안절부절못하는 모양새가 제갈영을 기다리고 있는 게 분명했다.
 "그렇게 그 아이가 보고 싶으면 직접 내려가 보던가?"
 장건이 쑥스러워하며 머리를 긁었다.
 "아니, 뭐……, 꼭 그런 건 아니구요. 그러니까 그게……, 아까 홍오 대사님께서 본산에 내려 가시길래요. 그 애가 오늘 또 올라오나 여쭤봤더니 알아보러 가신다고 했거든요."
 굉목이 눈살을 찌푸렸다.
 "아서라."
 "네?"
 "네 처지를 잊은 모양이구나. 제갈가의 아이는 너를 못 잡아먹어서 안달이 났던데. 금나수로 비무하는 것까지는 좋다만, 그러다가 네가 내공을 되찾았다는 걸 들키기라도 하면 어쩌려고."
 굉목의 말에 장건은 괜히 심란해졌다.
 "제가 내공을 되찾았다는 걸 끝까지 안 들킬 수 있을까요?"
 어쩌면 언 발에 오줌 누기나 다름없는 일일지도 모른다. 맥문만 잡아도 내공을 회복한 것을 알 수 있을 테니까.
 "당장의 화(禍)라도 피하려면 어쩔 수 없는 일이다."
 장건은 한숨을 내쉰다.

"홍오 대사님께 무공을 배우는 것도 재미있긴 했지만, 전 그냥 배우래서 배운 것뿐이잖아요."

답답하기는 굉목도 마찬가지다. 그러나 굉목은 아무런 힘이 없다.

'그러게 사부님은 왜 아이에게 다른 문파의 무공을 가르치셨단 말이냐. 애초에 방장 사형은 왜 사부님께 건이를 맡겼단 말이냐.'

홍오야 원래 그렇다 치더라도 방장 굉운의 선택을 이해할 수가 없었다.

사람이 완벽할 수는 없는 법이라 하나 굉운은 생각이 깊은 편이다. 그런 그가 아무런 대책 없이, 실수로라도 홍오에게 장건을 맡겼다는 것은 납득하기 어려웠다.

장건은 여전히 산 아랫길을 내려다보고 있었고, 굉목도 말없이 장건의 시선을 좇으며 서 있었다.

그렇게 얼마나 지났을까?

아랫길에서 사람 한 명이 올라오고 있었다.

"어?"

장건이 눈을 크게 떴다.

그러나 기다리던 사람이 아니라 홍오였다. 홍오는 본산을 내려갔다 올라오던 중이었다.

홍오는 마당에 나와 서 있던 굉목과 장건을 보더니 길을 틀어 다가왔다.

"에잉, 앞뒤 없는 것들. 아주 소림이 난장판이 됐구나."
뜬금없는 말에 장건과 굉목은 어리둥절했다.
"그게 무슨 말입니까?"
"아 글쎄 원자배놈들이 집단으로 백의전주에게 항의를 했다지 뭐냐?"
"항의를요?"
"제갈가의 사람들이 건이를 만나게 했다고 따졌단다. 그 정신머리 없는 것들이 눈에 쌍심지를 켜고 덤볐다고 백의전주도 방방 뛰고 있다."
장건이 급히 물었다.
"그럼 제갈가의 사람들은 오늘 여기 안 오나요?"
"제갈가가 오는 게 다 뭐냐. 앞으로는 개미 새끼 한 마리도 여기 얼씬거리지 못하게 할 모양이던데. 제갈가도 진저리가 났는지 떠날 차비를 하더라."
"아!"
장건의 얼굴에 실망감이 가득해졌다. 장건의 얼굴을 본 굉목은 울컥하고 화가 났다.
"사부님이 일을 이리 만드신 게 아닙니까! 그러게 왜……!"
"같은 얘기를 몇 번이나 하게 만드는 게냐! 네놈은 툭하면 나만 붙들고 늘어지는데……!"
홍오가 말을 멈췄다.
장건이 어두운 얼굴로 말을 꺼냈기 때문이다.

"저 때문인가요?"

홍오와 굉목은 둘 다 쉽게 대답을 하지 못했다.

너무 순수해서 밝던 아이의 얼굴에 그늘이 져 있으니 마음이 무거워진 탓이다.

홍오가 가슴을 쳤다.

"에휴, 내 탓이다. 내 탓이야. 이 녀석아, 전부 내 탓이니 그런 얼굴하지 말거라."

"그럼 사부님 탓이지, 건이의 탓입니까? 모처럼 친구가 생겨 좋아하던 아이를 왜 실망하게 만듭니까!"

"이런 망할 제자 놈이?"

홍오의 눈썹이 파르르 떨렸다.

"네놈은 어째 숙일 줄을 모르냐! 내가 한 발 물러섰으면 네놈도 한 발 물러설 줄 알아야지, 기회가 생겼다고 꼬투리만 잡으려 들어?"

"꼬투리가 아니라 사실이 그러니까 하는 말이 아닙니까! 천하제일이라는 말이 다 무어랍니까? 외세에 굴하여 스스로 무덤을 파고 있는데."

"야, 이놈아! 그게 내 잘못이냐?"

홍오와 굉목의 말다툼이 또다시 시작되었다.

장건은 묵묵히 둘의 대화를 듣고 있다가 고개를 돌려 산 아래를 내려다보았다.

위에서 보면 한없이 장난감처럼 작게 보이는 소림의 본산인데, 그곳에서는 장건이 생각지도 못할 많은 일들이 일어나고 있었다.

'난 아무것도 잘못한 게 없는데…….'

홍오가 다소 원망스러운 건 사실이었다. 그러나 또 자신에게 잘해 준 걸 생각하면 아주 원망스럽지도 않았다.

'누구 탓을 하겠어. 아무 생각 없이 시키는 대로 한 내 잘못인걸.'

뭐든 하고 싶은 대로 하고 살 수는 없다는 건 알고 있다. 할 수 있는 일에 한계가 있다는 것도 안다.

이내 장건은 스스로의 잘못을 깨달았다.

'뭘 하든 3년만 버티면 된다고 생각했던 게 잘못이었어. 무공을 배우는 것도 대수롭지 않게 생각했으니까.'

별것 아니라고 생각했던 무공이 지금처럼 큰 파문을 불러 일으켰다. 장건에게는 중요하지 않은 것이 다른 사람들에게는 엄청나게 소중한 것일 수 있다는 걸 안 것이다.

제갈영의 귀여운 모습이 눈앞에 아른거리며 그만큼 장건은 마음이 아파왔다.

'내가 뭔가 할 수 있는 방법이 없을까……..'

지금 이대로라면 3년이 지나 집으로 가더라도 마찬가지일 것이다.

소림사에 있을 때 내공을 회복한 걸 들키지 않더라도 언젠가는 사람들도 알게 될 터.

그때도 지금처럼 모른 척 잡아뗄 수 있을까?
장건은 생각을 하며 고개를 저었다.
'근본적으로 해결하지 않으면 안 돼. 방법이 있을 거야.'
장건은 깊은 생각에 빠졌다.
홍오와 굉목이 언성을 높이며 고래고래 떠드는 소리도 귀에 들어오지 않을 만큼.
왠지 제갈영, 그 어린 여자아이가 보고 싶었다.

* * *

제갈립은 소림의 산문을 나서다가 뒤를 돌아보았다.
가지 않겠다고 떼를 쓰던 제갈영이 풀죽은 얼굴을 하고 있었다.
'밤새 소림의 속가 제자 아이를 혼내주겠다며 금나수를 연습하더니만……. 쯧쯧.'
어두운 얼굴을 한 제갈영의 뒤로 끝도 없이 높게 뻗어 있는 계단과 웅장하게 자리한 일주문이 보인다.
'소림의 문이 이렇게나 높았던가.'
못내 미안해하던 굉충의 표정이 떠오른다. 제갈립이 스스로 돌아가겠다며 소림을 나선 것은 말이 그런 것이지, 거의 강제에 가까웠던 셈이다.
'소림의 세대교체가 머지않았군.'

말도 많고 탈도 많았던 소림 굉자배의 시대가 저물고 있다.

그것은 강호 무림의 새로운 판도 변화를 예고하는 것이었다.

다른 때보다 극심한 재정 문제로 고생했고, 유독 타 문파의 견제도 심한 시대였던 굉자배의 소림이다.

그런 것에 비하면 어쨌든 잘도 버텨냈다고 할까? 물론 천년 소림의 저력이라는 것도 무시할 수 없지만 말이다.

'돌아가면 아들놈에게 대비하라 일러줘야겠어.'

잠시 걸음을 멈추었던 제갈립이 손녀 제갈영의 손을 잡고 다시 걸음을 재촉했다.

"가자."

호위 무사인 두필호가 조용히 그 뒤를 따랐다.

산문을 갓 벗어나 소실산 입구 어귀에 있는 마을이 보일 즈음, 제갈립과 두필호가 걸음을 멈추었다. 자연스럽게 두필호가 검의 손잡이를 움켜쥐며 앞으로 나섰다.

그들의 앞에 평범해 보이는 중년의 촌부 한 명이 서 있었다. 누가 보더라도 그들을 기다리고 있었다는 걸 알 수 있었다.

촌부가 머리에 쓴 허름한 방갓을 벗으며 공손하게 인사했다.

"제갈가의 전가주님 되시는지요?"

"그렇네만."

"실례가 되지 않는다면 잠시 몇 가지를 여쭈어도 되겠습니까?"

 두필호가 표정을 굳히며 앞으로 한 걸음을 내디뎠다. 강호는 험난한 곳, 상대의 인상이나 말투가 선하다 하여 방심해서는 안 되었다.

 "길을 막고 묻기를 청한다면 자신의 신분부터 밝히시오!"

 "경계하지 않으셔도 됩니다."

 촌부가 서글한 웃음을 지으며 소매 안쪽의 작은 옥패를 보여주었다. 그러더니 조심스럽게 그것을 두필호에게 건네고 물러났다.

 두필호가 적잖이 놀란 얼굴로 옥패를 제갈립에게 건넸다. 제갈립은 수실이 달린 옥패를 보고는 살짝 눈썹을 찡그렸다.

 "사천에서 왔는가?"

 촌부가 대답했다.

 "그렇습니다."

 "당가에서 왔는데 독공을 익힌 흔적이 없고, 무공을 익힌 듯 보이지 않으나 기척을 숨기고 있으니 비연대(飛燕隊) 소속이겠군."

 촌부가 포권을 했다.

 "역시 제갈 전가주님의 안목은 놀라우십니다."

 "그래. 당가의 정예 정보조직인 비연대에서 내게 이 옥패를 건넨 이유는 무엇인가?"

 "제갈 전가주님의 그 안목을 잠시만 빌려주십시오."

제갈립은 섣불리 대답하지 않았다.
당가는 은원(恩怨)을 명확히 하기로 유명하다. 신세를 지면 반드시 갚겠다는 의미로 가문의 증표가 담긴 옥패를 건네고, 은혜를 갚으면 옥패를 회수한다. 반대로 원한을 사도 마찬가지 의미로 옥패를 준다.
어떤 이유에서든 해결할 때까지 가문의 증표를 상대에게 맡기는 것이니 그 철저함에 사람들은 옥패를 염라패(閻羅牌)라고까지 불렀다.
"허허, 염라패라니."
염라패라는 말에 촌부가 미소를 지었다.
"제갈 전가주님께서 승낙하신다면 본가에서 언제고 은혜를 갚을 날이 있을 것입니다."
"말해 보게. 당가에서 어떤 일에 내 안목이 그리 필요했는지 궁금하군."
"제갈 전가주님께서 소림에서 아이 하나를 만나신 줄로 압니다."
비연대의 정보 수집 능력이 보통이 아니라는 걸 새삼 깨닫는 제갈립이다.
'영아와 겨루었다던 아이를 말하는 모양이군.'
일이 다소 복잡해질 듯하다.
일선에서 은퇴한 마당에 강호의 소문 때문에 굉충에게 부담을 주기 싫어 관심을 두지 않았었는데, 역시나 그 때문에 타 문파의 주목을 받게 되었다.

"그랬지."

"그 아이에 대해 말씀해 주실 수 있으신지요?"

"본래 내 친우에게 해가 될 이야기는 하지 않으나 굳이 숨길 이야기도 아닌 듯하네. 당가에서는 무엇이 궁금한가?"

"혹시 본가의 기예(技藝)를 보셨습니까?"

제갈립이 일부러 큰 목소리로 말을 했다.

"보지 못하였네. 용조수를 익힌 것만 확인하였네."

"저희가 입수한 정보로는 그 아이가 내공을 익힐 수 없다고 하였습니다만, 그 말이 사실입니까?"

"확신할 수는 없으나 당장은 그러한 모양일세."

"외람되오나 한 가지 질문을 더 하겠습니다. 혹시나 전가주님이 아이를 만난 것이 소림의 뜻이었습니까?"

쉽게 말하자면 소림에서 제갈립을 이용해 일부러 소문을 내려 했느냐는 말이다.

제갈립이 쓴 미소를 지었다.

"그렇진 않은 것 같았네."

"음."

촌부가 잠시 생각하더니 진중한 얼굴로 물었다.

"마지막으로 한마디만 더 여쭙겠습니다."

"그러게."

"그 아이가 홍오 대사님의 진전을 이은 것이 확실합니까?"

제갈립은 그제야 이제껏 소림을 둘러싼 일련의 소동들이 왜 일어난 것인지 어렴풋이 알 수 있었다.

"나는 다른 이유로 소림을 찾은지라 그것까지는 확인할 수 없었네. 아무래도 그에 대한 답변은 당가에서 알아보아야 할 것 같네."

촌부는 읍을 하며 허리를 숙였다.

"감사합니다."

"감사할 것 없네. 대가를 치른 것이니."

그런데 제갈립은 염라패를 품에 넣지 않고 오히려 다시 내밀었다.

"받게."

촌부가 어리둥절한 표정으로 고개를 들었다.

제갈립이 웃으면서 물었다.

"나도 한 가지 물으세나."

촌부는 잠시 긴장한 표정이었으나 곧 고개를 숙였다. 염라패는 당씨 가문의 상징과도 같은 것. 그것을 반환하는 데에는 같은 대가를 치루어야 한다.

"당씨세가는 물론이고 다른 문파에서도 소림을 주시하고 있는 걸 알고 있네. 그 이유가 내가 짐작하는 바가 맞는가?"

제갈립은 염라패를 반환하는 대가로 다른 정보를 물은 것이다.

"저는 말단인지라 자세한 사항은 모릅니다만, 본가의 최고

존장께서 관심을 가지고 계십니다. 아마도 제갈 전가주님께서 생각하시는 바가 맞을 것입니다."

촌부가 공손히 염라패를 받아들었다.

"가시는 길까지 부디 보중하시길."

촌부는 무인이라고는 생각할 수 없을 만큼 평범한 걸음으로 제갈립의 앞에서 물러났다.

"흐음."

제갈립은 촌부가 완전히 시야에서 사라질 때까지 생각에 잠겨 있었다.

참다못한 제갈영이 물었다.

"할아버지. 내가 만난 아이가 그렇게 유명한 아이예요? 당씨 가문에서 관심을 가질 정도로?"

"글쎄다. 할애비의 생각이 틀렸으면 좋으련만……."

제갈립이 제갈영의 머리를 쓰다듬었다.

"영아. 나중에 그 아이를 다시 만나서 겨루고 싶다 했지?"

"응. 아니……, 네."

"할애비의 생각에는 그러지 않는 게 좋을 듯싶구나. 속가 아이니 언젠가는 강호로 나오게 되겠다만, 그때도 어울리지 않는 것이 좋겠다."

"하지만……."

제갈영은 왜 그토록 비실비실하고 깡말라 보이는 아이가 위험한 존재처럼 여겨지고 있는지 알 수 없었다.

어른이 되기 57

언젠가는 만나서 복수를 해줘야 하는데 그러지 못하게 되다니.
제갈영은 입을 삐죽 내밀었다.
"걔가 그렇게 대단해요?"
"허허, 대단하다라……. 그럴지도 모르고 그렇지 않을 수도 있겠구나."
당가의 최고 존장이라면 누구인가.
바로 우내십존 중의 일 인인 독선 당사등이다.
'독선이 관심을 보이는 직접적인 이유가 그 아이 때문은 아닐 터. 그렇다면 홍오 대사와 관련이 있다는 뜻인데.'
당사등이 홍오와 예전에 친분이 있었다는 것은 누구나 알고 있다. 그러나 그 둘 사이에 무슨 일이 있었는지는 당사자가 아니고서는 모르는 일이다.
'게다가 당가뿐 아니라 우내십존이 속한 다른 문파에서도 관심을 가지고 있으니, 이유는 알 수 없으나 결코 작은 일은 아니겠구나.'
작은 일에라도 연루되지 않는 것이 좋았다. 제갈가로서는 우내십존이라는 거대한 태풍을 이겨낼 힘이 없으니 말이다.
'내가 너무 생각 없이 굴었구나. 진법이 문제가 아니었어.'
몰랐던 것도 아니고 소림사의 분위기가 심상치 않다는 걸 알면서도 찾은 것이 제갈립으로서는 못내 후회가 되었다. 그래도 그 진법처럼 보이던 광경의 비밀을 풀고 싶은 마음이 굴

똑같으니, 진법광이란 별명이 스스로도 틀리지 않다고 여겨져 한숨이 나온다.

"길을 서두르는 것이 좋겠네."

"알겠습니다."

제갈립과 두필호가 길을 재촉할 때, 제갈영은 잠시 뒤돌아 소림사를 보았다.

자존심만 세서 자신이 주는 걸 받지 않았던 마른 아이. 생각하면 화도 나지만 예쁘다고 한 건 그리 기분 나쁘지 않았다.

'쳇. 좋아. 너 할아버지가 말리니까 봐준다. 다음에 또 이 아가씨에게 걸리면 국물도 없을 줄 알아.'

제갈영에게는 그저 그 정도의 기억이 장건에 대한 전부였다.

집으로 돌아가 제갈영의 언니들이 소림에서 있던 일을 듣고 깔깔대며 '너 이제 시집 다 갔다'고 놀려대기 전까지는.

*   *   *

며칠이 지났다.

그동안에도 장건은 틈만 나면 멍하게 앉아 있곤 했다.

굉목으로서는 신경이 쓰이지 않을 수 없는 노릇이었다.

'저 녀석이 아주 열병이 들었구나. 하긴 나이가 나이이니. 쯩!'

어른이 되기 59

명색이 승려인데 연애 상담을 해줄 수도 없고, 또 그렇다고 가만히 지켜보고 있자니 답답해 굉목은 안절부절못했다.

며칠을 장건과 함께 고민하며 기다리던 굉목은 마침내 아침 공양을 마치고 마당 한쪽에 앉아 있는 장건의 뒤로 가 말을 걸었다.

"그 애가 그렇게 보고 싶더냐?"

"네?"

장건은 무슨 뚱딴지같은 소리냐는 얼굴로 굉목을 쳐다보았다. 순간 굉목의 뺨이 불그스름해져 보였던 것은 장건의 착각이었을까?

"험! 시치미 뗄 것 없느니라."

굉목은 괜한 헛기침을 하며 장건의 옆에 앉았다. 그리고는 괜히 먼 산을 보며 이야기를 하기 시작했다.

"세상일이란 말이다. 뭐든지 자연스럽게 이루어지는 법이다. 미물들도 때가 되면 제 짝을 찾는데 인간이야 오죽하겠느냐. 하지만 넌 아직 수행 중이고, 또 3년이란 시간을 더 보내야 하니 마냥 괴로워한다 해서 해결되지는 않을 게다."

멀뚱멀뚱.

모처럼 굉목이 얼굴을 붉혀가며 얘기를 하고 있는데 장건은 빤히 굉목을 바라볼 뿐이다.

"무슨 말씀하시는 거예요?"

"그러니까 네가 제갈가의 아이를 마음에 두고 있다 해도 당장은 만날 수 없는 것이 아니냐. 지금이야 마음이 심란하겠지만 나중에 집으로 돌아가면 더 좋은 사람을 만날 수도 있고……."

"저 그런 생각하는 거 아닌데요?"

"……."

"그냥 제 자신에게 화가 나서 고민을 하던 중이었어요."

"……."

굉목은 무안해졌다.

"이놈아! 무슨 화가 났길래 며칠이나 그런 꼴로 심각하게 고민을 해!"

괜한 화를 내는 굉목을 보고서도 장건은 이제 별로 무서워하지도 않았다.

"노사님, 제 걱정해 주신 거예요?"

"걱정은 누가!"

굉목이 주먹으로 장건의 머리를 치자 장건이 앉은 자세 그대로 쓱 옆으로 움직였다.

"얼씨구? 이놈이?"

딱! 딱딱!

"이놈아. 내가 내공을 쓰지 말라고 했지!"

장건은 왜 맞았는지 이해하기도 전에 눈물부터 글썽거렸다.

"지금은 노사님과 저밖에 없잖아요. 그럼 그냥 맞고 있으라는 거예요? 그것도 세 대나 때리시구."

"낮말은 새가 듣고 밤말은 쥐가 듣는다 했다. 평소에 주의하지 않으면 어떻게 되는지 모르느냐?"

장건이 머리를 매만지며 갑자기 진지하게 굉목을 불렀다.

"노사님."

"왜!"

"제가 다른 문파의 무공을 배워서 소림사의 스님들께서 많이 화가 나셨나요?"

"끄응."

굉목은 쉽게 대답할 수가 없었다. 차마 이번 일이 세대교체를 앞둔 원자배와 굉자배의 대립 구도에서 시발된 것이라고는 말할 수 없었다.

장건은 굉목이 대답하지 않을 줄 알았다는 듯 계속해서 말했다.

"그래서 며칠 동안 저도 생각 많이 해봤는데요."

"됐다. 그만하거라."

굉목은 탁 하고 엉덩이를 털며 자리에서 일어났다.

그리고는 장건이 대꾸하지 못할 만큼의 단호한 어조로 말했다.

"네가 할 수 있는 일은 이곳에서 조용히 3년간 기다리다가 집으로 돌아가는 것뿐이다. 괜히 주제넘게 나서서 일을 복잡하게 만들지 말거라. 집에서 널 기다리고 있는 네 양친 생각을 해야 할 것 아니냐."

"하지만……."
"어허!"

굉목이 언성을 높였다.

보통 이 정도까지 굉목이 말하면 장건도 더 이상 대꾸를 하지 않았다.

그러나 장건은 이번만큼은 굉목의 말을 따를 수가 없었다.

"노사님께서 절 걱정해 주시는 것도 알고, 홍오 대사님께서 일부러 제게 다른 문파의 무공을 가르쳐 주신 게 아니라는 것도 알아요."

굉목은 장건이 고집을 부리자 조금은 놀랐다. 어린아이처럼 치기어린 고집만 부리던 아이가 자신의 생각을 말하고 있는 것이다.

"그렇다고 죄 지은 사람처럼 언제까지 이렇게 살 수는 없잖아요. 차라리 그동안 제가 배운 무공을 모두 다 없었던 걸로 하면 좋겠지만요."

"네가 지금 무슨 얘길 하는지 알고나 있느냐!"

무공을 거둔다는 것.

그것은 단근절맥과 단전의 파괴를 말하는 것이다.

"예. 잘 알아요. 그래서 본산에 가서 소림의 속가 제자가 된 거였잖아요."

"그런데? 이제 와서 뭘 어쩌겠다는 게야. 정말로 무공을 거두어 단근절맥의 참형을 받겠다고? 그래서 네 부모의 눈에서

피눈물이 나게 만들겠다고?"

"아뇨. 그게 아니구요."

장건은 뭔가 결심한 듯 힘있게 말했다.

"저 다시 무공을 배워보려구요."

"뭣이?"

굉목은 소스라치게 놀랐다.

"이노옴!"

이어 터져 나온 고함은 자연스러운 일이었다.

"네 처지가 지금 어떤지 내 잘 말해 주지 않았느냐! 다른 사람들은 네가 내공을 회복했다는 걸 모른다. 이대로 3년만 기다리면 넌 아무 일도 없었다는 듯 돌아가게 돼. 그런데 다시 무공을 배우겠다니! 같잖은 소리 집어 치우거라!"

장건도 굉목의 호통에 찔끔하고 움츠러들었지만 다시 가슴을 펴고 당당하게 말했다.

"이번에 그 여자애를 만나고 느꼈어요. 무공을 익히고, 내공을 되찾았다는 걸 숨기는 건 앞으로도 쉬운 일이 아닐 거라구요. 그래서 전 노사님이 뭐라고 하셔도 무공을 배울 거예요."

"그래도 이 녀석이?"

굉목은 정말로 장건이 걱정되었다. 은퇴한 제갈가의 전가주까지 돌려보낼 정도로 원자배의 견철이 심하다. 바야흐로 소림 내부는 폭풍이 일기 전의 모습인 것이다.

아주 작은 기폭만으로도 그것이 왕창 터질 수 있었다. 그 중심에 서 있는 장건이 무슨 꼴을 당할지는 아무도 모르는 것이다.

"소림을 벗어난다 해도 제가 무공을 배운 게 없어지는 건 아니잖아요. 그럴 바에는 차라리……."

장건은 잠시 굉목이 자신을 돌아봐주기를 기다렸다가 말을 이었다.

"소림의 무공을 제대로 배우고 싶어요."

쿵.

굉목은 뒤통수를 제대로 맞은 기분이었다.

"소, 소림의 무공을 배우겠다고?"

"네."

장건이 말했다.

"다른 문파의 무공을 뭘 배웠는지 전 잘 몰라요. 하지만 홍오 대사님께 배운 건 피하는 법이랑, 몇 가지 보법뿐이에요. 그러니까 그걸 안 쓰고 소림의 무공을 처음부터 다시 배우면 되죠. 전 소림의 속가 제자잖아요."

"허!"

굉목은 탄성을 냈다.

왜 자신은 장건처럼 생각하지 못했던 것일까.

왜 자신은 장건이 제갈가의 여자아이 때문에 속앓이를 하고 있다 생각했을까.

장건은 굉목이 생각하는 이상으로 더 어른스럽게 자신의 처지를 이해하고, 그것을 해결하려 애를 쓰고 있었다.
"허허허."
굉목은 허탈한 마음에 웃고 말았다.
그러나 어떻게 해야 하나, 하는 생각이 먼저 든다.
그런 생각을 해낸 장건이 기특하긴 하지만, 그것만이 능사는 아니다. 무엇보다 원자배가 어떻게 꼬투리를 잡고 나올지 예측할 수가 없었다.
"건아."
"예."
굉목은 마음을 가다듬고 말했다.
"네 생각은 틀리지 않다. 네게 쥐죽은 듯 가만히 있으라 했던 것은 분명 차선책이며 임시방편이긴 했다. 오히려 네가 말한 대로 잘 된다면 분명 평생 걱정거리를 더는 셈이 되겠지."
장건이 고개를 끄덕였다.
"정면으로 맞서는 것은 때론 어떤 돌아가는 길보다 빠르고 정확할 수 있단다. 그러나 그만큼 힘겹고 고통스럽지."
끄덕.
"넌 네 결정으로 인해 닥쳐올지도 모르는 험난한 여정을, 그것을 감당해낼 마음의 준비가 되어 있느냐?"
장건은 잠깐 망설이며 대답했다.
"아마도요."

굉목이 '헐' 하고 웃음소리를 냈다.

"이 녀석아. 왜 아마도라고 하는 게냐? 그런 말을 내뱉었다면 어느 정도 각오는 하고 있었어야지."

"헤헤. 조금 걱정이 되긴 해서요."

"무슨 걱정 말이냐."

"열심히 하려고는 하는데 잘 안 될까봐요."

장건도 며칠 동안 많은 생각을 했다.

홍오가 가르쳐 주는 무공도 제대로 배울 수 없었던 것 때문이다. 왜 그런지 몰라도 그냥 가르쳐 주는 대로, 보여주는 대로 따라하기가 쉽지 않았다. 마음에서만 거부하는 것이 아니라 몸 자체가 거부해 버리니 어떻게 할 수가 없었다.

그래서 다시 무공을 배운다 해도 잘 할 수 있을지 자신이 없었다. 그런 마음과 반대로, 무공을 차근차근 열심히 배운다면 그 이유가 무엇인지도 알 수 있지 않을까, 하는 생각도 있었다.

"알았다."

굉목은 한참이나 장건을 보다가 결정을 내렸다.

"내가 서신을 써줄 터이니 방장 사형께 가 전하도록 해라."

장건의 얼굴이 활짝 펴졌다.

"고맙습니다!"

"고마울 것 없다. 어쩌면 너도, 나도 큰 실수를 하고 있는지도 모르니까."

"헤헤."

어른이 되기 67

굉목은 곧 방 안으로 가서 굉운에게 전할 서한을 작성했다.
그리고 장건이 서한을 들고 본산으로 내려가는 것을 보면서 쓴 미소를 머금었다.
"아이들은 어느 순간 훌쩍 큰다고 누가 그랬는지, 참으로 옳은 말이로구나."
처음 보았을 때의 코흘리개 아이가 어느새인가 자신의 앞날을 스스로 결정하겠다고 고집을 피울 정도로 훌쩍 커 버렸다.
아니 정확하게 말하자면 아직은 아이와 어른의 중간쯤, 어른이 되어가는 과정에 있는지도 모른다.
어쨌거나 제갈가의 여자아이와 무슨 일이 있었는지, 그 만남을 계기로 장건은 어른이 되어가는 한 발을 내디뎠다.
굉목은 안다.
이때야말로 마냥 품안에 넣고 있던 아이가 스스로 설 수 있도록 믿어줘야 한다는 것을.
홍오는 굉목에게 그렇게 해주지 못했다. 스스로 생각하고 깨닫고 결정할 수 있는 일을, 그렇게 하지 못하도록 만들었다.
"나무아미타불."
굉목은 쓰린 과거가 떠오르자 불호를 외며 마음을 진정시켰다.
어딘가 공허하지만 전혀 건조하지 않은 따스한 불호가 담백암을 가볍게 뒤흔들고 바람을 타고 날아갔다.

* * *

 장건은 신나게 달렸다.
 더 이상 내공이 회복된 것을 숨길 필요가 없어서 모처럼 마음껏 달렸다.
 그렇다고는 해도 여전히 뻣뻣한 움직임이었지만, 장건 스스로는 과도할 정도로 풀어졌다 느낄 정도였다.
 "다른 문파의 무공만 배우지 않으면 되는 거잖아. 나도 더 이상 남의 눈치를 보며 기를 먹지 않아도 되는 거야."
 장건은 제갈영이 떠올랐다.
 그런 동생을 가졌으면 좋겠다고 생각한 후로, 이상하게도 장건은 어른이 된 듯한 느낌이 들었다.
 그래서였을까?
 정말로 소림의 무공을 제대로 배워 당당하게 집으로 돌아가야겠다고 마음을 먹게 된 것은.
 그러나 그 결정이 어떤 파문을 가져올지는 아직 아무도 모르는 일이었다.

 나이에 비해 단단한 체구를 가진 소왕무는 어람봉 초입에 서 있었다.
 이를 갈면서 주먹을 꾹 쥐는 게 뭐라도 단단히 결심을 한 듯한 태도다.

속가 제전이 끝난 후 큰 충격을 받고 실의에 빠져 있던 소왕무였다. 몇 달 배우지도 않은 녀석의 옷깃 한 번 스쳐보지도 못했다. 아무리 홍오에게 배웠다고는 하지만 그래도 이건 너무 심하다 싶었다.

고수에게 배운다고 금방 다 고수가 된다면 뭐하러 쓸데없이 땀을 흘리겠는가. 본산의 제자들이 상승의 무공을 배우니 같은 나이대의 속가들이 이길 수 없다는 건 그렇다 치더라도, 얼마 배우지도 않은 녀석에게 졌다는 건 스스로도 인정하지 못할 일이었다.

그래서 소왕무는 심한 패배감에 빠져 있었다. 아무리 열심히 해도 평생 장건의 뒷발자국도 쫓아가지 못할 것 같았다.

그런데 얼마 전 뜻밖의 얘기를 전해 들었다.

장건이 크게 내상을 입어 본산에서 치료를 받고 있었다는 얘기였다. 너무 내상이 커서 제대로 걷지도 못한다고 했다.

소왕무는 당시 원우의 손에 날려져 제대로 상황을 볼 수 없었기에 무슨 일이 벌어진지도 몰랐다. 그러나 다른 건 몰라도 장건이 자신에게 창피를 준 것만큼은 잊을 수 없었다.

그런 소왕무가 이런 기회를 놓칠 리 없었다.

'내상이라는 게 쉽게 낫는 게 아니지. 그래. 이 기회를 놓치면 녀석을 혼내줄 기회는 다시 오지 않아.'

그래서 소왕무는 여기저기 물은 끝에 장건이 어람봉에서 굉목과 살고 있다는 걸 알게 되었고, 그 길로 내친 김에 어람봉까지 찾아온 것이다.

 암자 근처까지 가서 장건이 꿩목과 떨어져 혼자가 될 때까지 매일 기다렸다가 기회만 생기면 늘씬하게 두들겨 패주리라. 내상이 낫지도 않도록 아예 반쯤 죽여 놓으리라.

 그것이 소왕무의 생각이었다. 뒷일을 생각하기보다는 복수가 더 먼저였다.

 한데 막상 올라가려니 멀리서 누군가 날아오는 게 보였다. 거의 날듯이 빠르게 산을 내려오고 있었다.

 '엄청난 경공이다! 홍오 태사백조님이신가?'

 소왕무는 몸을 숨길까 말까 하다가 그냥 지켜보았다. 저 정도의 고수라면 이제와 숨어도 소용없을 뿐더러 그 고수의 움직임이 이상했기 때문이다.

 발을 움직이긴 하는데 그것도 거의 움직이지 않고 다른 신체 부위는 아예 미동도 없었다. 그냥 미끄러지듯이 쭉 움직이고 있는 것이다.

 '저게 뭐야? 저런 경공도 다 있어?'

 빠르긴 하지만 별로 배우고 싶지 않을 정도로 무섭다는 생각이 들었다. 죽어서 몸이 굳은 시체가 달려오는 것 같았다.

 그런데 이게 웬일인가!

 고수의 키가 좀 작다 싶었는데 자세히 보니 바로 자신이 찾아가던 장건이 내려오고 있는 것이었다.

 '내상을 크게 입어서 제대로 걷지도 못한다며!'

소왕무는 놀라서 움직이지도 못했다. 아직 속가 제자인 소왕무로서는 그 며칠 사이에 장건이 다 나아 버린 것을 알 수가 없었다. 앞으로 내공을 회복하지 못할지도 모른다는 말만 들었어도 굳이 오늘 찾아오는 우를 범할 필요도 없었을 것이다.

'쓰읍! 어, 어쩌지?'

잠깐 갈등하는 그 짧은 사이에 장건은 소왕무의 앞까지 왔다.

"어?"

장건도 소왕무를 알아보고 멈춰 섰다.

둘 다 잠시 말이 없었다. 서로 이유는 크게 달랐지만 어쨌든 먼저 말을 걸기에는 껄끄러운 상황임에는 분명했다.

하지만 장건은 큰 결심을 한 상태였다. 그 결심 중의 일부에는 무공을 잘 몰라 소왕무에게 창피를 준 것도 포함되어 있었다. 무공을 제대로 배웠다면 적어도 그런 일은 일어나지 않았을 테니까.

그래서 장건은 마음을 굳게 먹고 먼저 말을 걸었다.

"아, 잘 만났어. 그렇지 않아도 언제 한 번은 찾아가려 했었거든."

"나를?"

"응. 저기……, 있잖아."

소왕무는 하마터면 '네, 말씀하세요'라고 말할 뻔했다.

"저기 있잖아. 대련할 때 널 무시하거나 한 게 아니고……."

장건이 오히려 주눅 든 듯 말하자 소왕무도 조금 용기가 생겼다.

"네가 일부러 날 창피하게 만들려고 그런 거잖아!"

"아냐, 아냐. 정말 아냐."

장건이 손사래를 치며 열심히 부정했다.

"내가 비무라는 걸 해본 건 그때가 처음이라서 잘 몰랐어. 아직도 잘 모르긴 하지만⋯⋯. 배운 게 별로 없어서 그땐 진짜 최선을 다한 거야."

"웃기지 마!"

"미안해. 다시 한다면 정말 더 잘해 볼게."

그 말에 소왕무는 정신이 번쩍 들었다.

장건의 말이 꼭 '다음번엔 너 제대로 패줄게'라고 말하는 것 같았다. 한 번 찾아가겠다고 한 것도 그런 의미인 것처럼 생각되었다.

'그때도 대충한 것 같았는데, 상대도 안 됐는데 이제 진짜로 하겠다고?'

상대는 어수룩해 보여도 자신이 옷깃조차 건드려보지 못한 엄청난 고수. 게다가 내상을 입었다는데도 자신은 따라갈 수도 없는 경공을 펼치고 있다.

그런 녀석이 진심으로 하면 무슨 일이 벌어질까.

"너, 너 정말 나 놀리려고 그런 게 아니고 열심히 한 거야? 그, 그, 그렇다면 내, 내가 이해해야지."

어른이 되기 73

허세 반, 두려움 반이 섞인 목소리로 소왕무가 말했다. 장건은 어쨌거나 자신의 진심이 전해진 것 같아 마음이 놓였다.

"이해해 줘서 고마워. 그런데 넌 여기 왜 온 거야? 굉목 노사님이나 홍오 대사님을 뵈러 왔어?"

차마 '너 족치려고' 라는 말은 할 수 없었다.

그 순간 소왕무는 자신이 할 수 있는 최고의 기지를 발휘했다.

원래 암자 근처에서 장건을 감시하다가 배고프면 먹으려고 했던 먹거리를 쓱 내민 것이다. 넓적한 잎으로 둘러싼 덩이였다. 아직 따끈따끈해서 잎 사이로 김이 나온다.

"이, 이거 먹어."

"응? 이게 뭐야?"

"늦감자야. 너 아프다기에 주려고 싸왔어."

"우와!"

장건은 감동받았다. 또래가 없어 심심했는데 이렇게 친해지게 되다니.

"고마워, 잘 먹을게. 난 네가 날 싫어하는 줄 알았어."

"시, 시, 싫어하긴! 남자는 원래 싸우면서 크고 그러는 거야!"

물론 싫다. 당장 패죽이고 싶을 정도로 싫다.

하지만 그것보다 사는 게 더 중요하다. 무서웠다.

냠냠.

그 와중에도 장건은 찐 감자를 먹고 있었다. 그렇지 않아도 배가 많이 고프던 참이다.
꼬륵.
지켜보는 소왕무의 뱃속에서 소리가 났다. 장건뿐 아니라 소왕무 역시 한창 먹을 나이라 먹어도먹어도 배가 고프다. 장건은 가만히 고개를 들었다.
"너도 좀 먹어."
"음."
고민하던 소왕무는 덥석 감자를 집었다.
둘은 말없이 감자를 먹기 시작했다.
하나를 다 먹은 장건이 쑥스러워하며 말했다.
"진짜 친구가 생겼으면 좋겠다고 생각했는데, 헤헤."
"응? 다, 당연히 진짜 친구지. 그럼 가, 가, 가, 가짜 친구도 있냐?"
생각보다 장건이 편안해져서 소왕무도 조금은 장건에 대해 나쁜 마음이 사라져 갔다.
"맞아."
"그, 그런데 너 어디 가는 거야?"
"나 방장 대사님께 가."
"바, 방장님께?"
소왕무는 기겁을 할 정도로 놀랐다.
아무리 홍오에게 가르침을 받고 있었다 해도 방장을 직접 만나러 가다니!

다른 속가 제자들로서는 꿈도 못 꿀 일이다.

입이 절로 벌어진다.

'이거 진짜 대단한 놈이잖아!'

그 순간 장건에 대한 원한이 눈 녹듯 사라졌다. 그리고 상인의 자식으로서 사명감과 본능이 꿈틀거리며 눈을 떴다.

'이 녀석하고 잘 지내야겠다. 분명히 뭔가 있어.'

장건은 소왕무와 얘기를 하는 게 너무나도 즐거웠다. 그래서 굉운을 만나러 가는 것을 잠시 미뤄두기로 했다.

소왕무도 이야기를 하다 보니 곧 장건의 바보 같은 순수함을 알게 되었다.

'생각보다 좋은 놈이었네……'

장건에게 오늘은 정말 행복한 날이었다.

가장 걱정이던 고민도 해결했고, 새 친구까지 생겼으니 말이다.

제3장

소림의 내분

원호는 방장실에서 방장 굉운과 마주했다.
"방장 사백께서 무슨 일로 저를 다 부르셨습니까?"
굉운은 일어서서 창 밖을 보며 차를 마시고 있다가 원호를 보며 탁자 위를 눈짓했다.
탁자 위에는 서한 하나가 놓여 있었다.
"굉목 사제가 보낸 것일세. 읽어 보게."
원호는 서한을 들어 읽었다.
그리 길지 않은 내용.
읽는 동안 원호의 얼굴에 몇 번이나 짧은 이채가 스쳐 지나갔다.

소림의 내부 79

잠시 숙고하던 원호가 물었다.
"왜 제게 이걸 보여주신 겝니까?"
"일단은 자네에게만 보여주면 될 것 같아서 그랬네."
원호의 얼굴에 묘한 표정이 깃들었다. 자신감, 혹은 미미한 자부심 같은 것이었다.
"소질이 듣자하니 아이가 내공을 쓰기 어려울 거라 하던데, 설마하니 다 회복되었다는 것인지요."
"나도 자세한 것까지는 묻지 않았네."
"그럼 방장 사백께서는 어찌할 작정이십니까?"
굉운은 차를 내려놓고 부드러운 미소를 머금었다. 굉운의 미소를 본 원호가 슬쩍 표정을 지우며 눈살을 찌푸렸다.
"자네 생각을 묻기 위해 불렀네. 자네가 먼저 말해 보지 않겠나?"
원호는 다시 한 번 천천히 서한을 읽었다.
서한의 내용은 간단했다.

건이가 다시 무공을 배우고 싶다 합니다. 이 사제의 못난 마음을 허락해 주십시오.

그 짧은 문구를 본 순간 원호는 그런 생각이 들었다.
'도대체 굉목 사백은 생각이란 게 있는 건가? 하긴, 생각이 없으니 이런 편지를 보냈겠지.'
장건이란 아이가 무공을 배운다는 것은 단순히 속가 제자가 무공을 배우는 일과는 다르다.

　무엇보다 원자배가 가장 싫어하는 인물이며, 오늘날 소림사의 위상이 땅에 떨어지다 못해 진흙탕에 처박히게 한 홍오와 관련이 있는 아이가 아니던가.

　단순히 그것뿐인가?

　우내십존이라는 노괴물들이 소림사를 호시탐탐 노리게 만든 원인이 아니던가.

　원호는 더 생각해 볼 것도 없다는 듯 서한을 내려 놓았다.

　"저와 원자배의 생각을 물으시는 거라면 좋은 대답을 기대하시기는 어렵겠습니다."

　"그런가?"

　굉운의 얼굴이 너무 밝다.

　원호는 그것이 이상하다 생각했다.

　"당연하지 않습니까. 그럼 방장 사백께서는 이 난리를 치르고도 홍오 사백조께 다시 아이를 맡기시겠단 말씀이십니까?"

　그리고 그 순간 원호가 생각지도 못한 반격이 돌아왔다.

　"그것 참 이상하군 그래. 소림의 제자가 소림의 무공을 배우는 것이 그리도 당연하지 않단 말인가?"

　원호는 순간 자신이 잘못 들었다고 생각했다.

　"지, 지금 뭐라고 하셨습니까?"

　"소림의 제자가 소림의 무공을 배운다 하였네. 그것이 이상할 리 없지 않은가."

원호는 그간 승려로서 닦아온 수양이 부족했다면 입을 벌리고 비명을 지를 뻔했다.

"소림의 무공을 배운다니요!"

"누가 뭐라고 해도 그 아이는 소림의 제자니 말일세."

원호는 초인적인 인내로 마음을 다스렸다.

"그렇다면……, 이제껏 다른 문파의 무공을 배웠다는 걸 인정하시는 겁니까?"

"아이의 말을 그대로 옮기자면, '홍오 대사님께서 스쳐 지나가듯 보여주신 걸 제가 보고 따라한 것뿐이지만, 그게 옳지 않은 일이라 하셨으니 이번엔 제대로 소림의 무공을 배우고 싶습니다'라고 하더군."

활불이라 부를 만큼 명품인 굉운의 미소가 원호에게는 야차의 미소처럼 보인다.

'도대체 방장 사백은 무슨 생각인거지?'

천하의 소림 방장이 아무런 생각 없이 일을 꾸밀 리 없었다. 적어도 원호는 그렇게 단정하고 있었다.

그러나 자신 역시 차기 방장의 후보에 올라 있는 몸.

이대로 무너질 수는 없는 노릇이었다.

원호는 머리를 굴렸다. 최대한 태연한 척 표정을 가다듬으며 물었다.

"설마하니 홍오 사백조께 맡기겠다는 것은 아니겠지요?"

"아무렴. 그래서 내 자네를 부른 것일세."

"원자배가 말썽이 많으니 아예 우리 손에서 알아서 하라는 뜻입니까?"

"그렇게 들렸는가?"

그 순간 굉운의 미소가 짙어진 것을 원호는 똑똑히 알아챘다. 그가 승려가 아니라 강호의 잡배였다면 '교활한 늙은이!'라고 욕을 퍼붓고 싶은 심정이었다.

굉운이 말했다.

"어차피 속가 제자를 가르치는 것은 원자배의 몫이니 건이도 다른 아이들처럼 똑같이 대해 주란 뜻이었네."

"방장 사백께서 절 부르셨을 때부터 이미 그 아이는 다른 아이와 똑같아질 수 없었다는 걸 모르셨습니까?"

"그렇게 볼 수도 있겠군. 그렇다면 다르게 말함세."

굉운이 미소를 거두지 않고 원호의 눈을 가만히 응시했다.

아무런 기세도 뿜어내지 않고 있는데 원호는 굉운의 눈을 마주하기가 쉽지 않았다. 계속 똑바로 바라보고 있으면 골수까지 빨려 들어갈 듯 깊고 그윽한 눈길이었다.

굉운에게서 아무런 기세를 느끼지 못했음에도 원호는 끝도 없는 무저갱이 입을 쩍 벌리고 자신을 삼키려는 듯한 위압감을 받았다.

'바, 방장 사백이 언제 이런 경지에!'

고작 쳐다보는 것에 대항하기 위하여 원호는 공력을 힘껏 끌어올려야 했다.

정종(正宗) 무공을 비롯해 소림의 무공 역시 느리지만 꾸준히 상승하는 특성이 있다. 꾸준히 수련한 기간이 곧 무공의 고하를 가른다.

일반 민초들은 육십이 되면 아이 하나 당할 힘도 없이 비실대지만, 수련을 멈추지 않는 소림의 무승들은 나이가 들수록 더 고강한 무공을 지니게 되는 것이 이런 까닭이다.

그럼에도 불구하고 원호는 굉자배와 거의 동등한 무공 실력을 갖추고 있었다. 그가 계율원의 수장이 된 것은 문무(文武)에 있어 원자배에서 가장 뛰어난 인물이기도 한 때문이다.

그런데 그런 그가 굉운의 자연스러운 눈빛조차 받아내기가 힘든 것이다.

'이럴 수가! 사무에 바빠 전혀 무공에 정진할 겨를이 없었을 터인데……'

원호는 입조차 뻥긋하지 못할 지경인데 굉운은 아무렇지 않은 듯 계속해서 말했다.

"내 말을 자네가 듣기 싫어하니, 이렇게 말하면 어떨까? 이것이 원자배에 대한 시험이라고 말일세."

원자배에 대한 시험!

'고작 속가 제자 아이 하나를 들이면서 원자배 전체가 시험대에 올라야 한다는 건가!'

원호는 참지 못하고 눈을 돌렸다. 그가 느끼던 압박이 순식간에 사라졌다.

'이번 일에는 무언가 있다!'

원호는 분명히 깨달았다.

방장이 괜히 현 원자배의 수장격인 자신을 부른 게 아니라는 것을.

그리고 이번 장건이란 아이의 일을 어떻게 처리하느냐에 따라 원자배의 향후 위치가 크게 엇갈릴 수 있다는 것을.

*　　　*　　　*

그날 오후, 소림의 36방 중 13개 방의 각대원주를 비롯한 원자배의 중요 인물들이 모두 문수각에 모였다.

그들은 원호의 설명을 듣고 나서 모두 얼이 빠진 듯한 표정을 지었다.

긴나라전주 원상이 얼떨떨한 얼굴로 물었다.

"그 말이 사실입니까? 장건이란 아이를 속가 제자 틈에 넣어 소림 무공을 가르친다는 게?"

대답은 물론 원호가 했다.

"그렇다네. 애초에 홍오 사백조께 맡기기 전부터 그리할 생각이었다 하셨네."

문수각주 원전이 묻는다.

"타 문파의 무공까지 익힌 아이를 새삼 기초부터 가르친다구요?"

"그렇다네."

"허! 방장 사백께서는 대체 무슨 생각이시랍니까? 이제껏 감싸고돌던 아이를 아무 일도 없었다는 듯이 내놓다니요."

"그걸 알기 위해 모두 모이라 한 것이네."

"으음."

원자배의 승려들이 각기 고심에 빠져 들었다.

천불전주 원당이 매서운 눈을 빛내며 말했다.

"우내십존이 속한 문파는 물론이고 모든 정보조직이 하남에, 숭산에 몰려 있습니다. 내원에 보는 눈이 얼마인데! 그 아이를 함부로 내놓았다가 무슨 일이 생기기라도 하면 그건 누가 책임진답니까!"

원자배 승려들의 눈이 원호를 향했다.

원호가 쓴 미소를 지으며 답했다.

"속가 제자를 맡는 것은 원자배의 책임. 당연히 우리 책임이 되겠지."

긴나라전주 원상이 곤을 부여쥐고 벌떡 일어섰다.

"이건 말도 안 됩니다!"

문수각주인 원전이 동조했다.

"그렇습니다. 사고를 친 것은 굉자배와 홍자배인데 왜 우리가 뒷수습을 하고 그 책임을 져야 한단 말입니까. 더구나 우리는 왜 우내십존이 소림과 그 아이를 주시하는지 아무런 이유도 모르지 않습니까."

원호의 눈이 부릅떠졌다.

쿵!

원호가 든 계도의 끝이 바닥을 찍었다. 웅후한 내력이 담긴 계도라 방 안 전체의 공기가 울렁이듯 흔들렸다.

"홍자배나 굉자배나, 우리 모두가 소림 문하의 제자다! 책임을 미룰 수는 있으나 내 일이 아니라 하여 발뺌하는 것은 용납하지 않는다!"

다른 승려들의 입이 무거워졌다. 원호가 언성을 높였다.

"우리가 뜻을 함께하기로 한 것은 모두가 소림을 위해서였다. 그런데 쉬운 일은 내가 하고 어려운 일은 남에게 맡기겠다? 다들 그런 생각이신가! 정말로 그런가! 이 원호가 사제들을 잘못 보았단 말인가!"

속가의 무공 교두인 원우가 나섰다.

"사형, 고정하십시오. 사형께서 말씀하신 것처럼 우리 모두가 같은 뜻입니다. 단지 아무런 정보도 없으니 초조하여 그런 것입니다."

그렇다. 원자배가 굳이 나선 것은 소림이 큰 위기에 봉착해 있다 믿기 때문이었다. 더 이상 굉자배에 맡겨 두기만 할 수는 없었던 까닭이다.

언젠가는 자신들이 꾸려가야 할 소림이다. 더 큰 위기가 닥치기 전에 선대의 일을 하루라도 빨리 정리하고 자신들의 손으로 새로운 소림을 만들기 위함이다.

그것만큼은 모두가 같은 뜻이었다.

원호가 한결 누그러진 투로 말했다.

"내 사제들의 고심을 모르는 바 아니나, 우리가 소림의 제자라는 것은 결코 잊지 않길 바라네."

"물론입니다."

"저희가 어찌 그것을 잊겠습니까."

원호가 다시 말했다.

"그렇다면 이제 어떻게 해야 할지 의견들을 내어보게."

몇 가지 의견이 오간 후에, 그때까지 조용히 방관하고 있던 지장왕전의 원림이 입을 열었다.

"소제의 생각으로는 일단 방장 사백의 말씀을 따르는 것이 옳다 생각합니다. 우리는 소림이라는 커다란 대의를 위해 움직이고 있어 반드시 명분을 두고 행동해야 합니다. 그러나 당장 방장 사백의 명을 거역하는 것에는 그러한 명분이 없습니다."

원자배 승려들이 고개를 끄덕였다.

"장건이란 아이를 다른 속가 제자들과 생활하게 하며, 동시에 안팎으로 아이에 대한 정보의 누출을 경계하도록 해야 합니다. 그리고 사람을 풀어 과거 홍오 사백조와 우내십존 간에 무슨 일이 있었는지 알아보도록 하는 것이 좋겠습니다."

지장왕전의 원림이 정리하여 말을 맺었다.

"당장은 그렇게 대처하되 우리가 몰랐던 사실이나, 또 다른 움직임이 있을 경우 다시 대책을 논의하는 것이 최선이라 봅니다."

원자배의 승려들 대부분이 원림의 말에 동의했다. 원호로서도 그보다 더 뾰족한 수를 찾을 수는 없었다.

"그렇게 하세. 일단 원우 자네가 내일 장건이란 아이를 본산으로 데려오고, 다른 아이들 틈에 섞어 함께 수련을 진행하도록 하게."

원우가 잠시 생각하다가 물었다.

"하지만 지금 기수의 아이들은 기본 교육을 끝마친 아이들입니다. 진도가 맞지 않을 텐데요."

"우린 그 아이에 대한 정보가 많지 않네. 그러니 일단 아이들 속에서 확인할 수밖에."

추이를 지켜보자는 것이다.

원우가 반장을 하며 답했다.

"알겠습니다."

원호가 좌중을 둘러보며 말했다.

"아미타불. 이번 일에는 반드시 다른 뜻이 숨어 있을 터. 일이 잘못된 방향으로 가기 전에 우리가 그것을 알아내야 하네. 알겠는가?"

원자배의 승려들이 반장하며 동시에 답했다.

"아미타불, 대사형의 말씀을 따르겠습니다."

원호는 깊고 그윽하던 방장 굉운의 눈을 떠올렸다.

'당신의 뜻이 무엇이든, 결코 당신의 뜻대로는 되지 않을 것입니다. 소림은 반드시 우리가, 내가 다시 일으키고 말 것입니다!'

원호는 자신이 얼마나 힘을 주었는지 손에 쥔 계도가 파르르 떨리고 있다는 것도 알지 못했다.

* * *

땅거미가 내려앉고 담백암이 조용한 적막과 어둠에 휩싸일 무렵, 소사미 한 명이 굉목에게 방장의 서찰을 전했다.

서찰을 읽은 굉목이 장건을 돌아보며 말했다.

"짐 싸거라. 내일부터 본산에서 생활해야 한다는구나."

"예?"

"뭘 놀란 토끼눈을 하느냐. 너도 이제 다른 속가 제자들처럼 평범하게 본산에서 수련을 하게 되는 게다."

"하지만 전……."

장건은 집안을 위해 10년 동안 덕이 높은 고승과 살아야 하는 책임이 있었다.

장건이 무슨 말을 하고 싶어 하는지 알고 있었다.

"쯧쯧. 설마하니 이런 일이 있을 거라고 생각도 못했단 말이냐?"

장건이 머리를 긁적이며 대답했다.

"전 노사님이나 홍오 대사님께서 가르쳐 주실 줄 알았죠."

"이런 멍충이 같은 놈을 보았나? 이놈아, 속가 제자가 뭐 그리 대단하다고 너만 자꾸 특별하기를 바라느냐! 본산에 가면 너 같은 아이들이 수백 명은 더 있다."

"그래도 전 덕이 높은 고승과 함께……."

굉목은 왠지 침울해져 있다가 웃음을 터뜨릴 뻔했다.

"얼씨구? 이 녀석아. 네가 보기엔 내가 그렇게 덕이 높은 고승처럼 보이더냐?"

장건은 고민하다가 고개를 끄덕였다.

딱!

"아얏!"

"고개를 끄덕일 거면 바로 끄덕여야지, 고민하는 건 또 무어냐?"

"에헤헤."

장건이 쑥스럽게 웃는 것을 본 굉목의 가슴이 아련해졌다. 내일부터 저 아이를 매일 볼 수 없다 생각하면 자꾸만 서운하다.

"할 수 없지. 따라오너라. 네가 내게 덕이 높다 하니 나도 덕 높은 고승처럼 행동하지 않으면 안 되겠구나."

굉목은 늘 그런 것처럼 휘적거리며 방 안으로 먼저 들어갔다. 장건이 또 무슨 일인가, 하며 굉목을 따라 들어갔다.

굉목은 방 안 한구석에 놓여 있던 작은 궤를 열고 뒤지더니 무언가를 꺼냈다.

 꽤 소중한 것인지 겹겹이 화선지로 싸여 있어서 푸는 데만도 적잖은 시간이 걸렸다.

 몇 겹이나 화선지를 벗겨내고 나서 굉목이 꺼낸 것은 아녀자들이 쓸 법한 작은 향낭(香囊)이었다. 지니고 있으면 몸에서 좋은 향이 나도록 향료를 조그만 천으로 감싸 만든 것이다.

 크기는 손가락 두 마디 정도이고 고운 비단으로 만들어진 것인데, 얼마나 오래되었는지 색이 바랬고 향기는 하나도 나지 않았다.

 굉목은 처연한 눈길로 그 향낭을 보더니 대뜸 장건에게 주었다.

 "옛다. 받거라."

 "이걸 왜 주시는 거예요?"

 "부적이다. 덕이 높은 내가 주는 부적이니 네가 이것을 지니고 있으면, 덕 높은 고승과 함께 있는 것 같은 효험이 날 것이니라."

 장건은 묵묵히 향낭을 바라보다가 소중히 받아 들었다.

 장건은 그것이 향낭인지 모른다. 그저 오래되어 볼품도 없는 작은 주머니처럼 보였지만, 굉목이 처음으로 무언가 준 것이라 감회가 새로웠다.

 "고맙습니다……."

 "잊어버리지 말고, 3년 뒤에는 다시 내놓거라."

"예. 꼭 잊지 않고 돌려 드릴게요."
"당연하지. 그럼 도둑놈처럼 그걸 가지고 내뺄 생각이었느냐?"
"헤헤."
장건은 그렁거리는 눈물을 닦았다.
"험험!"
굉목이 애써 시선을 돌린다.
지난 7년간 함께해 왔던 시간이 아스라이 흘러가는 듯하다.
건조하기만 하던 자신의 삶에, 아니 그 전까지는 건조한 줄도 몰랐던 자신의 삶에 작은 정을 던져준 아이였다. 언젠가는 돌아가야 할 테지만 지금 이렇게 보낸다는 것이 너무도 안타까운 것이다.
그렇게 굉목이 감상에 빠져 있는데, 향낭을 이리저리 보던 장건이 갑자기 물었다.
"노사님?"
"왜? 또 뭐가 필요하냐?"
"그게 아니구요. 이거 노사님 거 맞아요?"
굉목은 왠지 뜨끔하다.
"그럼 그게 내 것이지, 누구 것이겠느냐?"
"좀 오래돼서 그렇지, 비단으로 만든 것 같은데요. 노사님이 설마 비단으로 된 주머니를 가지고 계실 줄은 몰라서요."
"그게 뭐가 중요하다고. 중요한 것은……."

굉목은 말을 끊었다.

그리곤 피곤한 표정으로 일어섰다.

"나는 잠시 산책이나 다녀올 터이니 너는 짐이라도 싸놓거라."

굉목은 같이 가자는 장건의 말도 뿌리치고 홀로 담백암을 나섰다.

한참이나 걷던 굉목이 고개를 드니 어느새 뜬 갸름한 초승달이 눈동자에 들어온다.

오래되어 빛바랜 낡은 향낭.

그 향낭의 주인도 저 초승달처럼 갸름한 얼굴을 하고 있었다.

"잊으려고, 그렇게 잊으려고 했는데 그건 그저 내 소망일 뿐이었구려."

번뇌 때문에 잊으려 노력하긴 하였으나 어떻게 잊을 수 있을까.

자신의 목숨을 구해 준 보살인 그녀를.

그녀가 울면서 웃던 그 얼굴이 아직도 이렇게 눈에 선한데.

지금은 살아 있는지도 알지 못하지만, 굉목은 죽을 때까지 잊지 못할 것이다.

굉목은 혼잣말로 중얼거렸다.

"그 향낭은 내게도 아주 소중한 것이니라……. 이놈아. 아무 일도 없이 꼭 3년 뒤에 그것을 내게 돌려주어야 한다. 알겠느냐?"

"당연하죠!"

등 뒤에서 들려오는 목소리에 굉목은 깜짝 놀랐다.

언제 뒤쫓아 왔는지 장건이 향낭을 꼼지락거리고 만지며 감탄을 하고 있었다.

"노사님께 그렇게 소중한 물건이었군요."

"이, 이놈이?"

아무리 자신이 잠깐 정신줄을 놓았었다지만 장건이 뒤쫓아 오는 것도 몰랐으니 굉목은 크게 당황했다.

"이놈아! 누가 날 따라오라고 했어!"

장건이 눈을 동그랗게 뜨고 물었다.

"어? 저 있는 거 알고 말씀하신 거 아니었어요? 방금 저한테 꼭 3년 뒤에 돌려 달라고 말씀하셨잖아요."

"그건……, 됐다!"

굉목은 자신의 마음이 들켰을까 일부러 인상을 굳혔다.

"화내지 마세요오. 오늘이 마지막 날인데 노사님하고 좀 더 있고 싶어서 따라왔어요. 어찌나 걸음이 빠르신지, 휴……."

장건이 짐짓 힘든 체하며 땀을 훔치는 시늉을 했다.

"이놈!"

굉목은 화가 나서 달려가 장건의 머리를 두드렸다.

"이크!"

장건은 슬쩍 허리를 빼 굉목의 주먹을 피하며 몸을 돌리고 달아났다.

"저 시간 날 때마다 암자에 올라올 테니까 3년 있다 보자고, 그러지 마세요! 그러면 저 슬프단 말예요!"

안 맞겠다고 달아나면서 내뱉는 녀석의 말치고는 코끝을 찡하게 울린다.

마침내.

굉목은 눈을 감고 말았다.

몇십 년 만에 처음으로 눈가가 뜨거워짐을 느낀 탓이다. 앞도 잘 보이지 않는 어두운 밤이니 그럴 리는 없겠지만 혹시나 장건이 자신의 붉어진 눈을 볼까봐 두려워진 탓이다.

"그래, 이놈아. 자주 오너라. 자주 와."

이번의 독백만큼은 장건도 듣지 못했으리라.

굉목은 하염없이 벅차오르는 감정을 주체하지 못하고 하늘의 초승달만 쳐다보았다.

"그것 참……. 왜 이리 달에 달무리가 얹혔는고. 하늘이 뿌옇구나."

그러나 사실은 그 어느 때보다도 구름 한 점 없이 맑은 밤하늘이었다.

다음날 아침, 장건은 끝내 굉목의 모습을 볼 수 없었다.

굉목 대신 소사미 한 명이 암자 밖에서 기다리고 있을 뿐이었다.

장건은 본산으로 내려가는 길에 몇 번이나 뒤를 돌아보았지만 굉목은 보이지 않았다.
'아침 공양만큼은 해드리고 가고 싶었는데……'
야속하게도 굉목은 장건의 바람을 들어주지 않았다.
"어서 가시지요."
"예."
장건은 소사미의 재촉을 받으면서도 쉽게 고개를 돌릴 수 없었다.
'굉목 노사님. 그리고 홍오 대사님. 전 당당해질 거예요. 꼭!'
장건은 붉어진 눈시울을 감추지 않으며 고개를 돌렸다. 그동안 본산까지 한두 번 내려가 본 것이 아닌데 오늘따라 멀고 길게만 느껴졌다.

제 4장

빨래터의 장건

　원우는 장건도 익히 아는 얼굴이었다.
　'그때는 지금처럼 딱딱하고 무서운 얼굴은 아니었던 것 같은데.'
　마치 처음 굉목을 본 듯 원우는 그렇게 인상을 쓰고 있었다.
　"오늘부터 넌 본산에서 생활하게 되었다. 다른 아이들은 이미 수련에 들어갔으니 숙소에 가서 짐을 놓고 오후에 나오도록 하여라."
　"숙소는……."
　숙소가 어디냐고 물으려는 찰나, 원우는 말이 끝나기를 기다리기도 귀찮다는 듯이 말했다.

"널 아는 아이가 있다 해서 불렀다. 그 아이를 따라가거라."

원우가 눈짓한 방향을 보니 덩치 하나가 멀찌감치 떨어진 곳에서 자신을 보며 손을 흔들고 있었다.

"어라? 왕무잖아?"

소왕무가 간단한 짐을 챙겨서 장건을 기다리고 있었던 것이다.

아는 사람이 없어 무안할 뻔했는데 그래도 아는 얼굴을 보니 장건은 반가워졌다.

원우는 벌써 말도 없이 가 버렸고, 눈치를 보던 소왕무가 다가와 장건의 등을 툭 쳤다.

"잘 왔어. 너 나랑 같은 숙소에 있으니까 앞으로 내가 많이 도와줄게."

소왕무로서는 장건의 무공이 얼마나 대단한지도 잘 알고, 높은 사람과도 아는 사이니 잘 보여야 한다고 생각했는지라 장건을 기꺼이 받아들일 수 있었다.

"고마워."

"자, 날 따라와."

"응."

속가 제자들의 숙소는 연무청의 뒤쪽 별관에 마련되어 있었다. 소박하고 투박하지만 허름한 곳은 아니었다.

연무청의 뒤쪽으로 돌아가니 커다란 대전 같은 별관이 몇 채 보였다. 그곳이 이번 기수의 속가 제자들을 위한 숙소다.

본산 제자들과 달리 속가 제자는 몇 년을 주기로 한 번씩 받아들인다. 본산의 사정에 따라 시기가 조금씩 변한다.

5년의 교육 과정이 기본이고, 더 원하는 아이나 실력이 뛰어난 아이를 따로 선발하여 더 가르치게 된다. 그 중에는 실력이 떨어지는 낙오생들도 포함되어 있지만, 보통 한 기수의 반 정도는 5년 과정을 마치고 집으로 돌아간다.

소왕무의 경우에는 기수 중에서 가장 실력이 뛰어났으므로 좀 더 가르칠 요량으로 남게 되었다.

"저 가장 왼쪽부터 가운데까지는 비어 있는데 곧 신입들이 들어올 거야. 우리가 사용할 곳은 가장 오른쪽의 건물이고. 같이 있던 녀석들은 속가 제전이 끝나고 많이들 돌아갔어."

지난번 대화를 나눈 이후로 소왕무와 장건은 많이 친해졌다. 아직 속내를 털어놓을 만큼은 아니었지만 적어도 소왕무가 장건을 홀대하거나 적으로 삼을 일은 없는 탓도 있었다.

이야기를 하며 걸어가는 동안 동갑내기 둘은 더욱 금세 친해졌다.

소왕무가 물었다.

"넌 어디 살아?"

"운성."

"산서성의 운성?"

"응. 너희 집은 어딘데?"

소왕무는 '후후' 하고 웃으며 거만한 얼굴을 했다.

"자랑하는 건 아니지만, 우리 집은 안휘성 휘주부에서 꽤 유명해. 휴녕현의 소가를 찾으면 바로 안다구. 나중에 놀러오면 내가 이것저것 맛있는 것도 사주고 좋은 구경도 시켜줄게."

소왕무는 그것이 다 미래를 위한 투자라고 생각하고 있다. 비록 장건이 오는 바람에 자신이 이인자로 밀려나게 되었지만, 소왕무에게 있어 장건은 까마득히 오르지 못할 나무와도 같아 일찌감치 단념한 상태였다.

내친김에 소왕무는 집안 자랑을 하기 시작했다.

"우리 아부지가 누군지 알아? 휴녕 상회의 주인이야. 나중에 아부지에게 상회를 물려받으면 내가 상회의 주인이 되는 거지."

소왕무가 갑자기 입을 살짝 가리며 귓속말을 하듯이 말했다.

"그러니까 너도 나한테 잘 보여. 나한테 잘 보이기만 하면 나중에 죽이는 데도 데려가 줄 테니까."

"죽이는 데가 뭐야?"

"진짜 답답하구나, 너. 그런 것도 몰라?"

장건은 습관처럼 머리를 긁적거렸다.

"난 8살 때부터 여기 와 있어서 바깥일은 잘 몰라."

"무공은 배운 지 얼마 안 됐다면서?"

"응. 그냥 노사님하고 살고 있었어."

"흐음."

그 말을 들은 소왕무는 더 친해져야겠다고 생각했다.

'좀 억울하긴 하지만 이놈, 몇 달 배우지도 않고 그 정도 실력이면 흔히 말하는 무골에 천재잖아. 그러니까 홍오 태사백 조님도 그렇고 방장님도 신경 쓰고 있겠지. 다행히 애는 좀 착한 거 같으니까 잘해 줘야겠다.'

그렇게 생각한 소왕무는 '흐흐' 하고 웃으면서 장건에게 바짝 다가가 소근거렸다.

"죽이는 데가 어디냐면 말야. 여자가 있는 델 말하는 거야. 우리 동네에 진짜 끝내주는 여자들이 있는 데를 알아. 전에 아부지가 휘주 회관의 행수 아저씨들하고 가는 걸 봤거든."

소왕무는 무슨 생각을 했는지 얼굴을 붉히며 키득거렸다.

장건은 소왕무처럼 여자에 대해 알지 못했다. 한창 이성에 빠질 나이지만 산속에서만, 그것도 무뚝뚝한 노승과 있다 보니 사춘기가 남들보다 늦었다.

장건이 아는 여자라고는 집에 있을 때 본 엄마와 시비들, 그리고 최근에 만난 제갈영뿐이다.

"나도 얼마 전에 제갈가에서 온 여자애를 봤어. 되게 귀엽더라. 동생 삼고 싶었어."

"엉?"

소왕무는 자신의 귀가 잘못되었나 생각했다.

"얼마 전에 온 제갈가의 아이라면······, 제갈립 전가주와 함께 온 제갈영이잖아. 그 아이를 봤다는 거야?"

"응."

한창 나이에 소림에 들어와 때 아닌 고생을 하고 있는 속가 아이들이었다. 제갈영처럼 예쁜 아이가 찾아왔는데 모를 리 없었다. 멀리서라도 제갈영을 볼까 하고 우르르 몰려다니곤 했었다.

소왕무는 제갈영을 동생 삼고 싶다고 말한 장건이 어이가 없어 자기도 모르게 말을 내뱉었다.

"이 바보야……, 헉! 아니, 내 말은 그게 아니고……, 네가 바보라는 게 아니고……."

장건은 자기 때문에 소왕무가 호들갑을 떠는지도 모르고 헤실거리며 웃었다.

"괜찮아. 무슨 말이 하고 싶은 건데?"

"으응, 그러니까……, 에, 그럴 땐 말야. 동생 삼고 싶다고 하면 안 되고 마누라를 삼고 싶다고 말해야 되는 거야."

"마누라? 영이랑 결혼을 하라고?"

"영이?"

소왕무는 장건의 말투에서 미심쩍은 부분을 포착했다.

"너 제갈 소저를 잘 알아?"

"잘 아는 건 아니고, 그냥 비무도 하고 그랬어."

"헙! 진짜? 무슨 비무?"

소왕무의 눈이 휘둥그레졌다.

"노사님께 물어보니까 제갈가의 독문 금나수법이라던데. 천리삼수라고 했던가? 하여튼 금나수로 비무했어."
"우와! 그럼 제갈 소저와 손도 마주치고 막 그랬다는 거야?"
"응. 그런데 왜?"
소왕무는 '오옷!' 하면서 장건을 다시 보았다.
'이놈 역시 거물이었어! 제갈세가에서 온 사람과 비무도 하고……. 하지만 그 제갈 소저랑 금나수 비무를 한 건 정말 부럽다. 제길.'
이 얘기를 하면 숙소의 모든 아이들이 열광의 도가니에 빠질 터였다. 보지 않아도 뻔하다. 살결이 얼마나 부드러웠냐는 둥, 가까이서 보니 얼마나 예쁘냐는 둥 하고 물을 것이다.
한층 더 장건에 대한 존경심이 북돋아 오르는 소왕무였다.
"하여튼 너 나중에 우리 집에 꼭 놀러와. 아니 반드시 놀러와. 내가 정말 끝장나게 잘해 줄게."
장건은 그냥 고개를 끄덕였다.
"그럼 너도 나중에 우리 집에 놀러와."
"응? 너희 집은 어딘데. 아니, 운성이라고 했지. 아버님이 뭐 하시는데?"
"우리 아버지는 운성방 방주셔."
그 순간 소왕무의 얼굴이 일그러졌다. 소왕무는 과장되게 뒷걸음질을 치면서 장건과 거리를 벌렸다.
"이런 젠장! 너희 아버지 산서상방……, 그러니까 진상이야?"

"응."

소왕무는 자기도 모르게 인상을 팍팍 썼다.

"야! 그럼 너랑 난 친구하면 안 되잖아!"

"어? 왜?"

"우리 집은 휘상인데, 진상하고는 서로 경쟁관계니까!"

휘상과 진상 모두 천하 십대 상방의 하나로 굳이 사이가 좋다 나쁘다 할 수는 없었지만, 어쨌거나 경쟁관계인 것은 확실했다.

"속가가 된 걸 봐서 너네 집도 보통 집안은 아닐 줄 알았지만, 설마 진상일 줄이야……."

진상 중에서도 운성방은 꽤 세력이 크다. 소왕무의 휴녕 상회도 작은 편은 아니었지만, 운성방에는 조금 못 미친다.

소왕무는 건드리기만 하면 한 대 때릴 듯이 을러대려다가 주먹을 감추고 말했다.

"신안(新安;휘주)과 산우(山右;산서)는 사업적 제휴는 할 수 있어도 친구는 안 되는 거야. 알아, 몰라?"

장건은 머쓱한 얼굴로 뒷머리를 긁었다.

"어? 그랬어? 난 그런 건 잘 몰라서……. 난 그냥 모처럼 친구가 생겨서 좋아한 건데……."

장건이 슬픈 표정을 짓자 소왕무는 흠칫했다.

"음……."

장건이 한숨을 쉬는 걸 보니 어쩐지 측은한 마음이 들었다.

소왕무는 '집안 관계가 먼저냐, 같은 소림의 제자가 먼저냐' 하고 중얼거리며 고민했다.

한참을 중얼거리던 소왕무가 '에잇' 하며 몸을 떨쳤다.

"사나이가 한 번 한 말을 취소하는 것도 모양새가 우습지. 상인은 신용이 없으면 상인이 아니라고!"

무슨 말을 취소하기에 신용까지 운운하는지 자기도 몰랐지만, 어쨌거나 생김새와 달리 마음이 여린 소왕무였다.

물론 거기에는 장건과 친해지는 것이 훨씬 더 이익이다, 라는 판단도 한몫을 했다.

소왕무가 말했다.

"사이가 나쁜 건 아버지들이지 우린 아니잖아. 우린 계속 친구다……. 아니, 계속 친구해도 될까?"

"그게 무슨 말이야. 넌 내가 여기에 와서 처음 사귄 친구인걸. 앞으로도 계속 친구고."

소왕무가 어른 웃음을 흉내내며 '껄껄' 웃자 장건도 흐뭇한 얼굴로 웃었다.

"원래 소림의 속가들은 끈끈하게 뭉쳐야 하는 거야. 그래야 다른 놈들이 우릴 우습게보지 못하거든. 나중에 우리가 가업을 이어받아도 여전히 친하게 지내는 거다?"

"당연하지."

소왕무는 가슴을 탕탕 쳤다.

"앞으로 무공에 대해서도 내가 많이 도와줄게. 내가 우리 기수 중에서는 최고 고수…… 였지만."

자신 있게 말하던 소왕무가 입맛을 쩝 다셨다.

"넌 나보다 훨씬 고수이니 뭐."

"아냐. 나 다시 처음부터 배우라고 여기 온 거야. 그러니까 앞으로 잘 부탁해."

장건이 문득 생각나 포권을 하자, 소왕무도 맞 포권을 했다.

"나야말로 잘 부탁하네."

그것은 소왕무의 진심이었다.

'이런 거물과 친해질 기회가 오다니. 이건 내 생애 최고의 기회야, 기회!'

장건이 어떤 상황에 처해 있는지 알았다면 그런 생각을 하지 못했겠지만, 소왕무가 보기엔 장건은 정말 대단한 놈이었다.

"아, 이러다가 너무 늦겠다. 빨리 가자. 그래야 점심 먹고 오후 수련에 갈 수 있지.

"여긴 점심도 먹어?"

"그럼 굶냐?"

장건의 얼굴이 환하게 펴졌다.

"정말 좋다! 오길 잘했어!"

그러나 잠시 후 장건은 그 말을 곧 취소해야 했다.

"……."
"왜?"
"……."
"너무…… 누추한가?"

숙소 안으로 들어선 순간부터 소왕무는 장건의 눈치를 살펴야 했다.

장건은 벼락을 맞은 것처럼 움직이지 않고 심각한 얼굴로 문 주위만 서성대고 있었던 것이다.

숙소는 세 개의 방으로 이루어져 있었는데, 가운데 방과 이어진 문에 들어서면 양쪽으로 방이 나뉘어 있는 형태였다. 양쪽의 침실에는 벽을 따라 침상이 쭉 놓여 있어서 그 위에서 잠을 자도록 되어 있었다.

그런데 아무래도 어린아이들이 사용하는 곳이다 보니 숙소 안은 거의 난장판에 가까웠다.

침상 위에 아무렇게나 벗어 던진 빨랫감이며, 개 놓지도 않은 이불이며…….

게다가 아직 내공 수련이 덜 되어 하루 종일 수련을 하면 피곤해 그냥 잠들기 일쑤인지라 지독한 땀 냄새가 배어 있었다.

"으……, 몸을 움직이지 못하겠어. 코가 썩는 것 같아."

굉목과 함께였다면 이런 말도 함부로 내뱉지 못했겠지만, 지금은 더 편하게 대할 수 있는 소왕무라는 친구가 곁에 있었다.

그러나 소왕무에게 장건의 말 한마디는 결코 가벼이 흘려들을 것이 아니었다.

"걱정하지 마. 이따 애들 오면 내가 치우라고 할 테니. 원래 이렇게 더럽진 않은데 어제 좀 심하게 수련을 했거든."

장건은 손발이 오그라들어서 숙소 안으로 들어갈 수도 없다. 워낙 깔끔을 떨던 꾕목과 함께 살아온 데다 스스로도 지저분하게 널린 것을 참지 못하는 성격인 장건이다.

"으으으……."

"비어 있는 자리는 저 끝 쪽인데……. 음, 네가 원한다면 그냥 문 쪽으로 해줄게."

소왕무는 거침없이 문가에 있는 침상으로 올라가 땀내가 풀풀나는 이불과 옷가지 등을 둘둘 말아서 끝으로 던져 버렸다.

"와하핫! 어때?"

장건은 도저히 대답을 할 수 있는 상황이 아니었다. 이런 상황에 비유를 할 수 있을지 모르지만, 꼭 홍오의 무량세를 본 것 같은 기분이었다.

"……별로야? 다른 방으로 갈까?"

소왕무는 장건의 눈치를 살피며 연신 의향을 물어댔다.

장건은 길게 심호흡을 하고는 숨을 탁 내뱉었다.

"후아. 아무래도 안 되겠어. 점심 먹을 시간까지는 좀 남았지?"

"그, 그렇긴 하지만 뭘 어쩌게?"

"청소해야지."

"뭐?"

소왕무의 얼굴이 일그러졌다. 한 방에서 이십 명도 넘는 아이들이 지내는데 그걸 혼자 청소하겠다고 하니 놀란 것이다. 놀랐을 뿐 아니라 자신도 같이 청소를 해야 한다고 생각하니 뺄 수도 없어 짜증이 났다.

"야야, 그러지 말고 이따가 애들 오면 같이하자니까. 어차피 한 번 청소해야 되니까……."

장건은 마치 전장에 나가는 장수처럼 결연한 얼굴로 말했다.

"아냐. 지금 해야 돼. 나 혼자 할 테니까 걱정하지 마."

"걱정하는 건 아니지만……."

소왕무가 다시 장건을 설득했다.

"좀 이따가 애들이 점심 먹기 전에 잠깐 여기 들릴 거야. 그때 잠깐 같이하면 어때? 여럿이 하면 후딱 할 수 있잖아."

"그럼 그때까지 난 빨래를 해올게."

장건은 크게 한 번 몸서리를 치더니 숨을 참고 침상 위에 굴러다니는 빨래들을 수거해 왔다. 생각 같아서야 이불도 하고 싶었지만 시간이 부족하니 어쩔 수 없는 일이었다.

"여기 빨래할 수 있는 데가 어디 있어?"

"저, 저쪽 연무청 따라서 쭉 가면 아까 비어 있다고 한 건물 바로 옆에 있어."

"고마워."

장건의 굳건한 표정을 보니 소왕무는 말릴 수도 없었다. 자기 몸보다 더 큰 옷가지를 안고 가는 장건의 뒷모습을 보니 기가 차서 헛웃음이 나왔다.

"저거 착하기만 한 줄 알았는데 되게 성격이 까칠할 것 같네? 아니……, 자기가 빨래를 다 해오겠다니까 정말 착한 건가? 그나저나 저 빨래를 다 하려면 시간이 부족할 텐데……."

소왕무는 한숨을 푹 쉬었다.

"젠장. 나도 모르겠다. 저놈이 오기 전에 난 바닥이라도 쓸어 둬야겠어."

소왕무는 투덜거리면서 빗자루를 찾았다.

기수 중에 실력이 가장 좋아 두목처럼 행세하던 소왕무였다. 평소에도 청소는 늘 다른 아이들의 몫이었다.

"젠장. 젠장. 이게 다 미래를 위한 투자다, 생각하자. 젠장 젠장."

소왕무는 툴툴거리는 걸 멈추지 않고 바닥을 쓸기 시작했다. 제대로 쓰는 것도 아니고 왠지 실수로 떨어뜨린 듯한 물건들까지 그냥 대충 다 쓸어 버렸다.

어차피 그런 일로 소왕무에게 뭐라고 할 아이들은 거의 없었다.

연무청의 뒤, 빈 숙소 건물 옆에는 작은 개울물이 흐르고 있었다.

 평소 다른 이들도 그곳에서 빨래를 하는지 펑퍼짐한 바위가 빨래하기 좋도록 놓여 있었다.
 "좋아. 열심히 하기로 했으니 빨래도 열심히 하자!"
 장건은 소매를 걷어올리고 빨래를 바위 위에 내려놓았다. 십 수 벌이 넘는 꾀죄죄한 옷들이 연신 구리구리한 냄새를 풍겼다.
 "으으……."
 장건은 울상을 지었다가 입을 꾹 다물고 한 벌씩 물에 담그어 빨기 시작했다.
 "잿물이 없어서 그런지 빨래가 잘 안 되네. 잿물이 있냐고 물어볼걸. 깜박 잊었어."
 그때 누군가가 장건을 보고 아는 척을 했다.
 "어라? 네가 왜 여기에서 빨래를 하고 있느냐?"
 장건이 고개를 돌려보니 공양간에서 보았던 험상궂은 인상의 굉자배 스님이었다.
 공양간의 책임자인 굉료다. 굉료는 나무로 만든 커다란 물통을 양손에 들고 있었다.
 장건은 일어서서 합장을 했다.
 "안녕하세요. 굉료 스님."
 "오호, 내 법명도 기억을 하고 있었구나."
 "그때 월병도 주셨잖아요."

"그깟 월병이 뭐 그리 대단하다고. 그럼 차라리 월병 스님이라고 부르지 그러느냐."

굉료가 껄껄 웃자 장건도 웃었다.

"아, 그런데 왜 여기서 혼자 빨래를 하는 게냐?"

"오늘부터 본산에서 무공을 배우게 되었는데요. 숙소에 가보니 빨래가 있길래요."

"쯧쯧. 다른 아이들이 네게 빨래를 시켰더냐?"

"아뇨. 그냥 제가 하는 거예요. 냄새가 너무 나서요."

"어허. 못된 녀석들. 자기 빨래는 자기가 해야지. 안 되겠다. 내 원우 사질에게 일러 녀석들을 혼내라 해야겠어."

장건이 황급히 손을 내저었다.

"정말 아니에요. 제가 그냥 하는 거예요."

"그게 아니라 평소에 늘 정리 정돈을 잘 하라 일러야 한다는 말이다. 명색이 절에서 수행을 하는 것인데 제 주변 하나 청결히 못한다는 게 말이 되겠느냐?"

장건은 머리를 긁적거렸다.

굉료가 너털웃음을 터뜨렸다.

"녀석아, 장난이다. 내가 정말 그랬다가는 네가 아이들에게 시달릴지도 모르는 일 아니냐."

"헤에, 감사합니다."

굉료는 쓰게 입맛을 다셨다.

굳이 공양간 외에 다른 일은 신경 쓰고 싶지 않았지만 원자배의 일과 장건의 일은 그의 귀에도 들려온 차였다.

'검성 어르신께서 탐을 내던 아이를 소림에서는 빨래나 시키고 있구나.'

참으로 씁쓸한 일이었다. 그러면서도 한편으로는 장건이 불쌍하기까지 했다.

그러나 정작 본인은 전혀 개의치 않는 것 같다.

'소림 무공을 처음부터 다시 배우고 싶다 했으니 돌아가는 일을 아주 모르는 건 아닐 터인데……. 이 아이는 참으로 밝구나.'

굉료는 내색하지 않았지만 전부터 장건을 마음에 들어 하고 있었다.

그러다 보니 자연 장건에게 신경이 쓰인다.

"그나저나 빨래를 한다면서 왜 아무것도 안 들고 있느냐?"

"깜박 잊었어요."

"나는 잿물을 만들러 온 것이라 잿물은 줄 수 있다만 빨래 방망이가 없으니……."

"어? 정말요? 그럼 잿물만 좀 빌려 주세요. 방망이는 없어도 괜찮아요."

"빌려주면 값을 생각은 있고?"

"이자까지 한 바가지 쳐서 드릴게요."

장건이 진지하게 얘길하니 굉료는 괜히 머쓱해졌다.

"허허. 이놈 보게? 이 정도를 갚으라고 할 정도로 내가 궁해 보이더냐?"

"아뇨. 하지만 빌리면 갚아야죠."

"그럼 그냥 주마."

굉료는 물통 위에 천을 얹고 가져온 숯을 얹었다. 그리고 다른 물통으로 그 위에 물을 부어 잿물을 만들었다.

"자, 쓰거라."

"하지만 전 잿물을 담을 통이 없는데요."

"괜찮다. 나야 할 일도 없으니 네가 다 하고 나서 다시 만들어 가면 되지."

"그러면 너무 죄송한데요."

"괜찮다니까. 아니다. 내가 좀 도와주랴?"

"아니에요. 저도 금방 할 수 있어요."

"그래?"

굉료는 원래 장건과 이야기나 좀 하려 했는데 장건이 금방 할 수 있다고 하니 귀가 번쩍 뜨였다.

장건이 보여준 사과 깎기를 아직까지 잊지 못하고 있는 굉료다.

'열댓 벌은 더 되어 보이는데 저걸 금방 하겠다고?'

어쩐지 그냥 하는 말 같지가 않다.

굉료는 아예 뒤쪽 그늘에 가 자리를 잡고 앉았다.

"잿물 잘 쓸게요!"

"그래그래. 마음껏 써라. 재 정도야 공양간에 가면 온 세상 사람들에게 나눠줄 수 있을 만큼 아궁이에 쌓여 있느니라."
 왜였을까.
 굉료는 가슴이 두근거렸다.
 고작 빨래를 하고 있는 아이인데 말이다.

     *   *   *

 소왕무가 궁시렁거리면서 청소를 하고 있는데 흙먼지를 뒤집어쓴 일단의 아이들이 우르르 방 안으로 들어왔다.
 "어? 왕무 네가 왜 청소를 하고 있어?"
 "새로 온 아이는 어쩌고?"
 소왕무는 아이들을 보자마자 대뜸 비를 던지며 심드렁하게 대꾸했다.
 "왔냐. 왔으면 너희들도 청소 좀 해라."
 아이들은 어리둥절해했다.
 "어떻게 된 거야?"
 "그 재수 없는 녀석은 어디 갔어?"
 "뭐? 재수 없는 녀석?"
 소왕무가 눈에 불을 켜고 소리를 질렀다.
 "야 이 자식아! 너 입 조심 안 해? 한 번만 더 걔 욕하면 내 손에 죽는다!"
 아이들은 깜짝 놀랐다.

빨래터의 장건

불과 며칠 전까지만 해도 언젠가 손을 봐주겠다면서 으르렁대던 소왕무였다.

한 아이가 물었다.

"소왕무. 너 걔한테 맞았냐?"

소왕무의 눈이 찡그려졌다. 가뜩이나 험악한 얼굴인데 인상을 쓰니 어른들도 보기 무서울 정도의 표정이 되었다.

"내가 맞았냐고? 너, 뒈지고 싶어 환장했냐?"

말을 한 아이가 흠칫 놀라며 한 발 물러섰다.

"맞은 것도 아닌데 왜 네가 걔 편을 들어?"

"걔는 내 친구니까."

완전히 돌변해 버린 소왕무를 아이들은 이해할 수 없다는 표정으로 바라보았다.

속가 제전에서 있었던 일을 다른 아이들은 몰랐다. 소왕무는 입을 꽉 다물었고, 누구도 아이들에게 그날의 일을 알려주지 않았다.

다만 소왕무는 멀쩡했는데 비해 이후에 장건이란 아이가 중상을 입었다는 것으로 보아 소왕무가 크게 이긴 게 아닌가 추측했을 뿐이었다.

그런데도 소왕무가 계속 이를 갈고 있어서, 아이들은 장건이 뭔가 비열한 짓을 한 것으로 생각하고 있었다.

소왕무는 설명을 요구하는 아이들을 향해 귀찮은 파리 쫓듯 손을 내저었다.

"아아, 너희들 점심도 못 먹고 오후 수련에 가고 싶지 않으면 빨래터에나 가봐. 건이는 거기에서 너희들의 옷을 빨고 있을 거야."

"뭐?"

"걔가 왜 우리 옷을 빨아?"

"처음부터 알아서 기려는 건가?"

소왕무가 킬킬댔다.

"알아서 기는 거 좋아하네."

아이들은 기분 나쁜 얼굴로 소왕무를 쳐다보았다.

"소왕무. 너랑 걔가 무슨 일이 있었는지 몰라도 우리는 아냐. 기를 꺾어 놓기 위해서 한 번 손은 봐줘야 한다고."

"맞아. 홍오 태사백조께 잠깐 배웠다고 잘난 척하는 꼴을 볼 순 없어."

"어떻게 보면 우리가 사형이잖아?"

아이들의 말에 소왕무는 피식 웃었다.

"아, 그러셔? 그럼 마음대로들 해보시지. 손을 보든 발을 보든."

아이들의 표정이 변했다. 방금까진 친구네 어쩌네 하더니 이번엔 또 마음대로 하란다.

도저히 소왕무의 변덕을 알 수가 없었다.

"정말이지?"

"우리가 손 봐줘도 넌 가만있을 거지?"

소왕무는 성의 없이 고개를 끄덕거렸다.
"빨래터에 있으니까 가봐. 지금이면 딱 아무도 없고 좋겠네."
아이들이 몸을 돌렸다.
"야, 가보자."
"우리 옷에 이상한 짓을 할지도 몰라."
"맞아."
아이들은 들어왔을 때처럼 우르르 몰려나갔다. 그 뒤에서 웃고 있던 소왕무가 슬며시 아이들의 뒤를 따랐다.

소왕무의 생각에 장건쯤 되는 아이가 애들 몇 명에게 당할 리 없었다. 멀리서 애들이 어떻게 당하나 지켜보려는 심산이었던 것이다.

'너넨 다 죽었다. 병신들.'

생각할수록 웃음이 나와서 소왕무는 아이들의 뒤를 따라가는 내내 키득거렸다.

*　　　*　　　*

굉료는 푸핫! 하고 크게 웃을 뻔했다.

웃겨서가 아니었다. 장건이 진지하게 빨래하는 모습에서 말도 못할 쾌감을 느꼈기 때문이었다.

'낭중지추(囊中之錐)라! 특출난 기재는 아무리 감추려 해도

소용이 없다더니! 넌 앞으로 어디에 있어도 절대 삶이 평탄하지는 않겠구나.'

검성 윤언강이 탐낸 것을 모르는 바 아니나, 새삼 검성이 땅을 치며 후회할 모습을 떠올리니 괜시리 기분이 좋아지기까지 했다.

굉료는 금방이라도 튀어나오려는 웃음을 참고 장건의 모습을 똑똑히 지켜보았다.

장건의 손에서 구질구질하고 더럽던 옷들이 새하얗게 변해가고 있는 모습은 현실감이라고는 전혀 없는, 거의 환상에 가까웠다.

처음 장건은 수북한 빨래를 보며 고민했었다.

굉목과 살 때에는 이만큼 옷이 더러워진 적이 없었다. 때가 빠지지도 않을 정도로 배인 적도 없었다.

그래서 빨래라고는 해도 몇 달에 한 번 잿물을 쓸 뿐, 그 전에는 손으로 두드려 빨면 깨끗해졌다.

그런데 지금 들고온 빨래들은 끔찍하리만치 때와 땀에 절어 있었다. 아이들이 빨래를 한다고 해도 제대로 했을 리 만무하니 오래되어 때가 묵은 것이다.

어떻게 빨아야 잘 빨 수 있을지 고민이 될 수밖에 없었다.

장건은 빨랫감 하나를 들고 이리저리 생각을 하더니 곧 빨랫감을 잿물에 비비며 빨래를 하기 시작했다.

장건에게는 별다른 일도 아니었지만 그 모습이 굉료에게는 굉장히 신선했다. 아니, 새로웠다.

 잿물로 빨래를 비비는데 필요한 만큼만 딱 힘을 주어 비볐다. 많이 더러운 곳은 더 힘을 주고, 그리 더럽지 않은 부분은 조금만 비벼 최대한으로 체력을 아꼈다.

 빨래를 접고 누르고 꼬아 트는 일련의 과정이 계산된 듯 정확하다. 빨랫감 하나하나가 접는 방법이 다 다른데, 모두 때가 많이 탄 부분이 집중적으로 접혀 힘을 받도록 하는 것이다.

 '소림의 절기 용조수를 저리 쓰는 아이는 정말 처음이구나!'

 워낙 장건이 진지하게 하고 있어 굉료는 말도 건네지 못하고 속으로만 감탄하고 있었다.

 '엄청난 집중력이야. 꼭 생사대적을 눈앞에 둔 듯하구나.'

 아닌 게 아니라 장건은 생전 처음 보는 더러운 빨래를 눈앞에 두고 오기를 불태우던 차였다.

 '얼룩 하나도 절대 남겨두지 않겠다!'

 장건의 용조수는 일반적인 사용법과는 전혀 달랐다. 손가락 끝과 손등을 이용하기는 하는데 그 활용이 사람이 아니라 옷이라는 게 참으로 기가 막히다.

 더구나 옷마다 다른 땟자국에 맞추어 일일이 다르게 옷을 접고 손등으로 두드리니 일반적인 사용법과 달리 무궁무진한 변화를 주고 있는 셈이었다.

 탁! 타탁!

장건이 손등으로 때릴 때마다 땟국물과 잿물이 속이 다 시원할 만큼 죽죽 빠져 나갔다.
광료는 다시 감탄했다.
'옷이 하나도 상하지 않는다?'
때가 쭉 빠질 정도면 보통 힘으로 두드린 것이 아니다. 더구나 헤지기 쉬운 마의(麻衣).
여기 있는 옷은 대부분 아이들이 수련을 하며 몇 년씩 입은 옷이라 헤져서 여기저기 실밥이 뜯어져 있다. 잘못 치거나 비비면 순식간에 쭉 뜯겨 나갈 수도 있었다.
그런데도 접고 틀고 때리는데 단 한 벌도 상하는 옷이 없다.
아주 정확하게 힘을 조절하고 있다는 증거다. 그것도 아주 미세하게.
그냥 본신의 힘으로만 한다면 광료도 자신 있었다. 그러나 열다섯 나이의 장건이 툭툭 두드리는 정도로 땟물을 뺄 만큼의 힘을 낼 수 있을 리 만무하다.
이 경우엔 순수한 근력의 힘이 아니라 내공을 쓰고 있는 것이다.
근력을 조절하는 것보다 내공을 조절하는 것은 더욱 힘들다. 그런데도 장건은 전혀 에누리 없이 필요한 만큼만 내공을 쓰고 있었다.
이 정도면 가히 검을 들고 굵기가 다른 바늘을 모두 같은 굵기로 깎아낼 수도 있을 정도다.

'기가 막히는군. 왜 저런 아이가 힘 조절을 못해 스스로를 해하였다 한 게지?'

지금 모습만 보아서는 이해할 수가 없을 지경이었다.

장건이 자신이 하고 싶어 하는 일, 절약이나 검소한 행동에 관계되지 않은 일에서는 내공 운용을 잘 하지 못한다는 걸 모르기 때문이다.

'홍오 사숙께 점혈법을 배웠나?'

점혈 수법에서 힘의 조절이란 극히 중요하다.

한 치, 반 치의 깊이에 따라 사람이 죽고 산다.

보통 몸을 마비시키는 몇 개의 마혈도 얼마만큼의 힘으로 짚느냐에 따라 효과가 달라진다. 깊이가 얕으면 저린 정도로 끝나고, 너무 깊으면 사망에 이르게 된다.

그래서 점혈 수법을 배울 때에는 혈도와 함께 손가락 끝의 힘 조절을 가장 먼저 배우는 것이다.

지금 장건의 내공 운용 실력이라면 마혈을 점하는 정도가 아니라 해혈되는 시각까지도 맞출 수 있을 터다.

'대단하구나. 정말 대단해. 내공을 상실했다더니 완전히 회복한 모양이구나.'

보통 아낙네가 한 시진은 꼬박 해야 할 빨래가 이각도 채 지나지 않았는데 거의 끝나가고 있었다.

불필요한 힘을 쓰지 않으니 체력적으로 지치지도 않고, 불필요한 과정을 생략했으니 시간도 왕창 절약된 것이다.

장건은 두드려 빤 빨래를 물에 헹구었다. 워낙 잘 두드리고 눌러서 흐르는 물에 흔드는 순간 깨끗하게 변하고 있었다.

그리고 굉료는 그때까지 몰랐던 하나의 사실을 더 발견하게 되었다.

'음?'

이상한 느낌이 들었다.

'뭐지?'

굉료는 자신이 무언가 어색한 광경을 보고 있는데 알아채지 못하고 있다는 걸 알았다.

'내가 무얼 놓친 게지?'

들뜬 마음을 가라앉히고 부동심을 유지하며 객관적인 시선으로 장건의 몸을 찬찬히 훑어보았다.

그리고 발견해냈다.

그것은 감탄 정도가 아니었다.

경악이라는 표현이 딱 어울릴 만한 그런 일이었다.

굉료는 자기도 모르게 벌떡 일어섰다.

'상체가 움직이지 않잖아!'

굉료는 머리가 멍해졌다.

뙤약볕에서 너무 오래 수련을 해 정신이 아득해졌을 때처럼 멍해졌다.

그래. 잘 봐줘서 장건처럼 빨래의 때를 잘 지울 수 있는 사람이 있다 치자.

때가 많은 곳을 적당한 힘으로 때리고, 옷이 상하지 않도록 절묘하게 비틀어 짤 수 있는 사람이 있다 치자.

그런데 그 모든 동작을 할 때에 팔만 움직이고 몸은 움직이지 않는 사람이 있는가?

옷을 접고 비틀고 두드리는데 몸이 흔들리지 않을 수 있는 사람이 있는가?

머리카락 한 올 흔들리지 않는 사람이 있는가?

그런 사람이 바로 눈앞에 있었다.

굉료의 눈앞에서 빨래를 하고 있는 작은 아이.

장건이 바로 그러했다.

"이게 무슨 말도 안 되는……."

정말이다.

장건의 어깨와 팔을 제외한 나머지 부분은 석상이라도 된 양 조금의 미동도 하지 않았다.

머리카락이 간혹 날리는 것은 가끔 불어오는 바람 때문이다.

빨래를 두드리고 접는다고 해서 흔들리는 것이 아니었다.

믿을 수 없는 기괴한 일.

굉료는 온몸에 소름이 돋았다.

"어떻게 이런 일이……."

갑작스럽게 내뱉은 말 때문에 장건이 고개를 돌렸다. 그런데 굉료에게는 목만 돌아간 것 같은 착각까지 일으켜 등골이 오싹하다.

"네?"

굉료는 정신을 차렸다.

"아, 아니다."

"전 또 하실 말씀이 있는 줄 알았네요."

"아니다. 그냥 계속하거라."

"예. 조금만 기다리세요. 거의 다 해가요."

장건은 다시 빨래에 열중했다.

탁 탁탁.

굉료는 털썩 소리가 날 정도로 힘없이 작은 돌 위에 앉았다.

몇 번을 보고 또 보아도 믿을 수가 없었다.

무인의 관점에서 해석하자면 이것은 완벽한 힘의 조절이다. 티끌 하나도 용납하지 않는 완벽한 힘의 조절이 반작용을 없애고 있었던 것이다.

딱 쓸 만큼만 힘을 써서 남은 힘이 되돌아 와 몸을 흔들리게 하지 않는 것이다.

역근경으로 보통 사람들은 쓰지 않는 작은 근육까지 조절할 수 있게 된 장건만이 할 수 있는 장기다.

굉료는 허탈한 웃음소리만 냈다.

'허허, 허허허.'

물론 속으로.

이런 아이를 소림에서 홀대하고 있다는 사실을 알면 검성은 얼마나 소림을 얕볼 것인가.
 '설마 검성 어르신은 그것까지 보았던 것인가?'
 새삼스럽게 소림의 현재 처지가 너무나 가련해졌다.
 '사질들아……. 지금 너희들이 무엇을 내버리려 하는지 알겠느냐. 이 바보 머저리 같은 것들아.'
 굉료가 부르는 사질들은 바로 원자배 항렬의 제자들이다.
 '아깝구나. 네가 검성 어르신을 따라갔더라면……. 적어도 이런 천덕꾸러기 취급은 받지 않았을 터인데.'
 우내십존에서도 수위를 차지한다는 검성 윤언강이라면 문파의 모든 법규를 무시하고서라도 장건을 훌륭히 키워낼 수 있을지도 몰랐다.
 우내십존은 말 그대로 현 무림의 절대자.
 천하제일이라던 소림에서조차 천하오절(天下五絶)에 속하던 홍오의 사부 문각이 죽은 후 발생한, 절대자의 부재가 바로 이런 결과를 낳고 만 것이다. 물론 거기에는 강호에서 나날이 추락하는 소림의 위세도 한몫하고 있지만 말이다.
 '에잉, 그놈들 밥에다가 똥이나 잔뜩 처넣을까 보다.'
 굉료는 자기도 모르게 혀를 차고 말았다.

얼마 지나지 않아 장건은 빨래를 끝냈다.
"다했다!"
그동안 내공도 제대로 못 쓰고 얼마나 불편했던지.

장건은 오히려 마음껏 행동할 수 있어서 개운했다. 아낙들이 남편이나 집안일에 화가 나면 빨래를 해서 푼다는 기분이 그러한 것 같았다.

"아아, 원 없이 힘을 썼더니 기분이 좋네."

장건은 상쾌한 기분이었다. 그래서 그런지 빨래도 생각보다 잘 된 것 같았다.

꿩료는 아직도 얼떨떨한 얼굴이다.

"다 했느냐?"

"네. 기다려 주셔서 감사합니다."

"괜찮다."

바위 위에 깨끗한 옷들이 수북하다.

자세히 보면 헤져서 낡은 옷이라는 걸 알겠는데 대충 보면 갓 짜낸 새 옷처럼 보인다.

꿩료는 이제 그 정도는 놀랍지도 않다.

"네가 빨래에 소질이 있나 보구나. 나중에 빨래로 크게 성공하는 최초의 사람이 될지도 모르겠다. 아마 옷 만드는 사람들은 싫어하겠지만, 넌 떼돈을 벌겠어."

장건이 무슨 소리냐는 듯 반문했다.

"전 상인이 될 건데요?"

"그러게나 말이다. 내가 무슨 정신으로 이런 말을 하고 있는지. 허허허!"

그때 우르르 부산한 발걸음소리가 들려왔다. 소왕무가 일러

주어 찾아온 같은 방의 속가 아이들이었다.
 아이들은 연무청 구석을 돌아 장건과 굉료를 발견했다.
 "앗! 저기 있다!"
 "그런데 공양간의 큰스님과 함께 있는데?"
 굉료가 아이들을 보며 말했다.
 "너희들의 옷인가 보구나. 너희들 썩 이리 오거라."
 아이들은 '윽!' 하고 찔린 얼굴로 장건과 굉료를 향해 다가왔다.
 '이 녀석이 우리가 올 줄 알고 공양간 스님을 불렀나봐.'
 '소왕무 자식. 어쩐지 여유만만 하더니만……'
 아이들은 주눅이 들어 주춤거리면서 굉료의 앞에 섰다.
 장건이 웃으면서 말했다.
 "마침 잘 왔어. 난 오늘부터 같이 지내게 될 장건이라고 해."
 아이들은 굉료의 눈치를 보며 장건의 인사를 받는 둥 마는 둥 우물거렸다.
 굉료가 아이들의 모습을 보더니 몇 몇의 머리에 꿀밤을 주었다.
 딱 딱 딱!
 "요 녀석들! 너희들이 평소에 지저분하게 지내서 같은 사형제가 다 혼자서 하지 않았느냐."
 "자, 잘못했습니다."

"하지만 우린 쟤한테 빨래를 시킨 게 아니에요."
굉료가 웃으면서 말했다.
"나도 안다. 다음부터는 잘 씻고, 빨래도 미리미리 잘 해놓으란 말이다."
"예."
"알겠습니다."
속가 제자 아이들에게 굉자배의 굉료는 까마득히 먼 곳에 있는 배분이었다.
아이들은 굉료에게는 고개를 숙이면서도 장건에게는 눈을 흘겼다.
'저 자식 때문에 우리가 혼났잖아.'
'쌍. 왜 시키지도 않은 빨래를 해.'
'저거 은근히 고단수 아냐?'
생각은 달랐지만 원망하는 눈빛은 똑같았다.
장건은 수십 개 원망의 눈길을 받고 머리를 긁적였다.
"미안해. 다음부터는 말하고 빨도록 할게."
굉료가 눈을 부라렸다.
아이들이 급하게 대답했다.
"아니야!"
"우리 건 우리가 할 거야!"
"넌 손도 대지 마! 누가 보면 우리가 시킨 줄 알잖아."
장건이 웃으면서 대답했다.

"알았어. 어쨌든 빨래나 가져가자. 점심 시간인데 내가 괜히 시간 뺏은 거 아닌지 모르겠다."

장건은 빨래를 마친 옷들을 하나씩 집어 들었다. 아직 젖어 있어서 물기가 뚝뚝 떨어졌다.

그것을 본 아이들의 표정이 하나같이 멍해졌다.

"뭐야."

"그거…… 우리 거 맞아?"

"내 거…… 치고는 너무 깨끗한데?"

"우리 거 아닌가봐."

그도 그럴 것이 장건이 빨래를 하고 나서 옷 색이 완전히 달라졌기 때문이다. 거무튀튀하고 누리끼리한 색은 온데간데없고 처음 받았을 때 염색한 회색 거의 그대로다.

"그거 우리 거 맞아."

조용히 사태를 지켜보려 뒤따라왔던 소왕무가 나서서 말했다. 소왕무 역시 말도 안 되게 깨끗해진 옷들을 보고 넋이 나갔다.

아이들 중 하나가 멍한 얼굴로 말했다.

"야, 근데 저거 다 젖었잖아. 빨리 짜서 가지고 가자."

장건이 말렸다.

"아냐. 내가 금방 털어 줄게."

아이들이 굉료에게 혼날까봐 말릴 틈도 없이 장건은 옷 한 벌을 들고 손으로 쳤다.

팡!

이것은 원래 굉목이 빨래를 말리는 방법이었다.

팡팡!

몇 번 때리지도 않았는데 풀을 먹인 것처럼 옷이 빳빳하게 말랐다.

장건은 홍오의 텃밭에서 극양의 성질을 가진 약초와 극음의 성질을 가진 독초를 먹음으로써 전보다 내공이 증진된 상태였다. 그리고 다시는 실수하지 않도록 부단히 내공 운용을 연습했다.

아직 완전하다고는 할 수 없었으나 전과는 크게 달라져 있었다. 예전이라면 할 수 없었던 빨래 털어 말리기도 척척 해낼 수 있었다.

갓 입문 딱지를 뗀 아이들이라 해도 그것이 보통의 수법이 아니라는 것은 충분히 알 수 있었다. 손짓 몇 번에 물기가 다 털린다는 건 그들로서는 꿈도 못 꿀 일이다.

장건을 어떻게 해보겠다는 생각은 순식간에 사라지고 멍한 얼굴이 되었다.

멍한 아이들을 향해 굉료가 한마디 했다.

"이놈들아. 지금 그게 무슨 수법인지나 아냐?"

아이들이 전부 굉료를 쳐다보았다. 소왕무도 예외가 아니었다.

"바로 용조수라는 게다."

"용조수요?"

용조수라면 속가들은 배우기 힘든 상승의 금나수법이었다.

아이들의 눈이 휘둥그레졌다.

장건이 말린 옷을 들고 물었다.

"자, 이거 누구 거야?"

아이들은 옷이 너무 새것처럼 변해 쉽게 자신의 것을 찾지 못했다. 소매 한쪽에 수를 놓은 자신의 이름을 보고 찾아야 했다.

장건은 수북이 쌓인 젖은 옷들을 하나씩 들어 털었다.

눈 몇 번 깜박일 시간이면 하나의 옷이 깨끗하게 말랐다.

아이들은 알아보지 못했지만 굉료는 그 수법이 용조수임을 알았다. 자세히 보면 그냥 때리는 듯해도 옷을 잡은 손의 손가락을 움직여 주름을 만들고 다른 손으로 밀듯이 쳐 구김을 없애는 고도의 수법이었다.

정말 말 그대로 얼마 안 되는 시간에 아이들은 거의 새 옷이나 다름없게 된 마른 옷을 받을 수 있었다.

"나, 나 그거 가르쳐 줘!"

누군지 모르게 시작된 외침이 전염되듯 퍼졌다.

"나도!"

"나도나도!"

장건은 순식간에 '재수 없는 놈'에서 경외의 대상이 되었다.

그 모습을 흐뭇하게 바라보던 굉료가 아이들에게 말했다.

"이놈들아. 너희들 굶을 테냐? 어서 안 가면 점심도 못 먹는다."

"앗차!"

아이들은 인사도 대충 하며 허겁지겁 달려갔다.

"대사님, 감사합니다. 나중에 잿물은 꼭 갚을게요!"

장건도 아이들을 따라가기 위해 급히 인사를 하고는 자리를 떠났다.

"이놈아! 안 갚아도 되니까 나중에 친구들하고 공양간이나 놀러와!"

"네!"

아이들이 우르르 몰려가자 빨래터는 금세 휑해졌다.

"거 참."

굉료는 장건이 빨래를 하고 난 자리를 다시 바라보았다.

그가 본 모든 일들이 꿈만 같았다.

"용조수라……."

굉료는 뺨을 긁적거렸다.

"그러고 보니 내가 빨래를 언제 했었지?"

굉료 정도 되면 밑의 소사미나 공양간의 제자들이 대부분 빨래와 청소를 도맡는다.

그래서 굉료는 빨래를 해본 지가 오래되었다. 적어도 20년은 족히 된 듯하다.

"그래. 생각난 김에 오늘은 내 빨래를 내가 해보아야겠구나."

굉료는 자기가 생각해도 우스운지 피식 웃었다.

"마침 잿물도 있는데 빨랫감이 없네 그려."

굉료는 깊게 생각할 것도 없이 승복 윗자락을 훌렁 벗었다. 나이 육십의 노인이라고는 보기 어려운 탄탄한 근육질의 체구가 드러났다.

소림의 특징인 외가공부를 익힌 덕분이다.

굉료는 곧 자리에 앉았다.

장건이 쓰고 남은 잿물을 손으로 휘휘 저으며 승복을 담갔다.

"가만? 용조수를 어떻게 하는 거였더라?"

굉료는 파르라니 깎은 머리를 긁적거렸다.

그 역시 빨래를 하려는 생각이었던 것이다.

* * *

그날 밤.

장건은 거의 알아듣지도 못한 오후의 이론 수업을 따라가느라 힘들었는지 금세 깊은 잠에 빠져 들었다.

그러나 몇몇 아이들은 밤이 늦도록 잠을 이루지 못하고 있었다.

"야, 자냐?"
"아니, 잠이 안 와."
다른 아이들도 대화에 끼어들었다.
"나도 잠 안 와서 미치겠다. 눈이 말똥말똥해."
"졸려 죽겠는데 잠이 안 와."
마치 기다렸다는 듯 다들 한마디씩을 내뱉었다.
"아, 진짜 무슨 청소를 이렇게 해놓은 거야?"
"청소 못해서 죽은 귀신이 붙었나."
아이들의 눈이 점점 퀭해졌다.
 마룻바닥은 어찌나 잘 닦았는지 윤기가 번들거리고, 침상이며 책장 등은 한 치의 오차도 없이 딱딱 맞추어 재정렬되어 있었다. 늘 흙먼지를 뒤집어쓰고 살다 보니 모서리나 틈새에 앉아 있었던 먼지 한 톨도 보이지 않는다.
 장건이란 아이가 저녁 공양 이후 한참동안 이불을 터네 어쩌네 한 뒤로 이불이 거의 새것처럼 변해 버렸다. 조금만 움직여도 바사삭 하는 소리가 났다. 아무도 밟지 않은 눈 위에 처음으로 발을 내딛는 것처럼, 이불이 구겨질까봐 부담스러워 꼼짝하기도 힘들었다.
"미치겠네."
"난 깨끗해서 잠이 안 오는 건 처음이야."
"원래 깨끗하게 정리하고 나면 잠이 잘 와야 되는 거 아냐?"

"도대체 어떻게 하면 이렇게 할 수 있는 거야?"

워낙 도가 지나치게 정돈되어 있다 보니 갑갑해서 잠을 이룰 수가 없었다.

누군가 말했다.

"그래도 애는 착하지 않냐? 청소도 자기가 거의 혼자 다 했잖아."

다른 아이들이 화를 냈다.

"너 걔 청소할 때 못 봤냐? 그렇게 움직이는 게 어디 사람이야?"

"맞아. 걸을 때도 좀 이상하더라. 무슨 시체가 걸어가는 거 같더라니까."

한 번 불만이 터져 나오자 계속해서 장건에 대한 성토가 이어졌다.

"아까 이론 시간에 봤냐? 무슨 고수라는 애가 이론은 하나도 몰라. 뻔한 걸 자꾸 질문하니까 사형들도 짜증냈잖아."

"나도 짜증나서 죽는 줄 알았어. 오늘 뭘 배웠는지 기억도 안 난다니까."

"난 쟤 행동하는 거 보기만 해도 갑갑해 죽겠어. 소화가 안 되는 거 같아."

"아……. 나 그냥 쟤한테 용조수 안 배울란다. 괜히 배웠다가 나도 시체처럼 될까 두렵다."

처음 착하다고 말을 꺼냈던 아이가 조금 망설이며 다시 항

변했다.

"고수라서 그런 거잖아. 여기 청소하고 정리하는데 이각도 안 걸렸어. 그러니까 원래 고수가 되면 걸음걸이도……."

"자라 배때기 뒤집는 소리하고 있네. 야! 그럼 다른 사형이나 사백님들은 다 쟤처럼 걸어야 되게? 너 소림에서 쟤처럼 딱딱하게 움직이는 사람 봤어?"

"진짜 고수면 홍오 태사백조께서 안 놔줬지. 애가 이상하니까 그냥 버린 거 아냐."

"너 말이 이상하다? 그럼 우린 다 버림받은 신세냐?"

"아, 저게 왜 말 꼬투리를 잡아? 너 죽어볼래?"

"한번 해볼까?"

장건 때문에 시작된 말다툼이 중구난방으로 이어지다가 결국은 소란으로 번졌다.

그때 소왕무가 말했다.

"좋게 말할 때 자라."

"뭐? 지도 못 자고 있으면서 왜 성질이야."

"이것들이 진짜!"

소왕무와 아이들이 이불을 박차고 한바탕 싸우려는 찰나에 장건이 뒤척였다.

아이들이 모두 긴장하며 숨을 죽였다.

"음냐……, 엄마. 나 친구들도 많이 생기고 무공도 열심히 배울 거예요. 음냐음냐."

장건의 잠꼬대였다.

막 싸움이 일어나기 직전의 절묘한 말이었는지라, 아이들은 왠지 싸울 기분이 사라졌다.

소왕무가 돌아누우며 이불을 끌어올렸다.

"에이씨, 몰라. 난 잘란다."

다른 아이들도 '쩝' 하고 입맛을 다시며 다시 누웠다.

누가 뭐라 해도 장건은 상승 무공을 배운 고수였다. 게다가 친구들이 생겼다고 잠꼬대까지 하니, 욕하기에도 미안해졌다.

그렇게 소림 본산에서의 첫날밤이 지나갔다.

하나, 장건의 행동에 당혹한 것은 아이들뿐만이 아니었다.

다음날 아침.

아이들에게 번권(飜拳)을 가르치려던 무자배 조교 무경은 당황스러워 눈만 끔벅거렸다.

"……뭐냐, 너흰?"

다른 아이들은 다 누리끼리하고 꾀죄죄한 수련복을 입고 있는데 유독 끄트머리에 서 있는 아이들만 빳빳한 새 수련복을 입고 있었던 것이다.

군계일학(群鷄一鶴)이라고 하면 보통 뛰어난 사람을 말하지만, 이 경우에도 충분히 써먹을 수 있을 만한 말인 것 같았다.

스물의 아이들이 입은 옷이 어찌나 깨끗한지 다른 아이들은 거지꼴처럼 보였다.

흙먼지와 때에 절은 옷을 입고 있던 다른 아이들이 수군거리고 있었다.
"너희, 혹시 새 옷을 배급받았냐?"
빳빳한 옷을 입은 아이들 중 한 명이 대답했다.
"아뇨."
"그럼? 그 옷이 다 어디서 났어?"
"원래 있던 거 빤 건데요?"
"뭐?"
소림에서 무자배의 나이는 많아야 서른 가량이고 대부분은 이십대 초반이다. 무경 역시 아직 승려로서의 도량보다는 무인으로서의 젊은 피가 끓어오르는 나이다.
무경은 아이들이 장난한다 생각하고 소리를 높였다.
"너희들 다 혼 좀 나봐야겠어? 어디서 거짓말을 하는 거야! 풀을 먹인 것처럼 빳빳하잖아! 그럼 어디서 풀을 먹였어?"
"거짓말…… 아닌데요."
무경의 눈에 아이 같지 않은 커다란 덩치의 아이가 보였다.
"소왕무!"
"네."
"어떻게 된 일인지 네가 말해 봐."
잠을 제대로 못 자 눈이 움푹 들어간 소왕무가 살짝 눈치를 보며 대답했다.
"쟤 말이 맞아요. 이거 원래 있던 옷 빤 거예요."

"이 자식들이……?"

무경이 한달음에 소왕무의 앞으로 갔다. 그리고 소왕무를 한 대 치려는 찰나.

무경의 눈에도 보였다.

아이들이 입은 옷은 확실히 헌 옷이었다. 여기저기 헤져서 뜯어져 있고 소매도 너덜너덜하다.

그런데도 새 옷처럼 빳빳하고 깨끗하다. 갓 나온 옷감으로 옷을 짠 듯했다.

"뭐, 뭐야."

무경은 황당함을 금치 못했다.

"정말 빨래한 거야, 너희들?"

깔끔한 옷을 입은 것과 달리 어딘가 모르게 초췌해진 얼굴의 아이들이 이구동성으로 대답했다.

"네!"

소왕무가 어깨를 으쓱해 보였다.

"그렇다니까요."

"이게 무슨……."

무경은 이해할 수가 없었다.

4살 나이에 소림에 받아들여져 2년간 행자생활을 하고 사미계를 받았다. 그러고도 작년에 구족계(具足戒)를 받기까지 무려 15년을 사부와 사형제들의 뒷바라지를 하며 허드렛일을 도맡았었다.

그러나 그동안 한 번도 이런 섬세하고도 완벽한 빨래는 본 적이 없었다.
 '내가 늘 사부의 가사를 정성껏 빨고 풀을 먹이고 다림질을 했었지만 이 정도로 깨끗하고 빳빳하게 된 적은 한 번도 없었어. 동기 중에도 이런 빨래를 하는 녀석은 없었고.'
 무경은 순간 세탁의 고수라도 나타난 것이 아닌가 하는 생각이 들었다.
 참으로 이해할 수 없는 일이었다.
 더 희한한 일은 장건과 같은 숙소의 아이들이 왠지 모르게 피곤해 보인다는 것이다. 시간이 지나면 지날수록 눈 밑이 거뭇해지고 초췌한 기색이 되어갔다.
 '이놈들이 왜 이러지?'
 그러나 앞으로 일어날 일에 비하면 이것은 고작 시작일 뿐이었다.

제5장

맞으면 아프다

장건이 본산에 내려간 지도 며칠이 지났다.

겨우 며칠이 지났을 뿐인데 굉목에게는 그 시간이 그렇게 길고 지루할 수가 없었다.

독경을 하려 경전을 펼쳐도 글씨가 눈에 들어오지 않았다. 보지 않아도 외울 수 있는데도 그러했다.

"허어."

굉목은 자신의 마음이 많이 외롭다는 것을 깨달았다.

조용히 경전을 덮은 굉목은 천천히 마당을 거닐기 시작했다.

"그 녀석은 잘 하고 있으려나."

아직까지 조용한 걸 보니 나름대로 잘 적응한 모양이다. 무슨 일이 있다 해도 큰일이 아니라면 자신에게 전해질 리도 없지만 말이다.

굉목은 우두커니 서서 하늘을 올려다보았다.

하늘이 높고 날씨는 서늘하다.

"그래도 곧 겨울이니 여기에 있는 것보다야 훨씬 낫겠지. 암. 그 녀석은 잘 할 게야."

굉목은 그렇게 되뇌며 한참이나 더 하늘을 보았다.

"별 탈 없이 잘 하고 있겠지……."

굉목은 그리 믿고 싶었다.

* * *

"그러니까 왜 거기서 그렇게 하는 건가요?"

"……."

"여기서만 유독 오른쪽 발을 뒤로 한 뼘 정도 빼서 왼쪽 발꿈치 뒤로 놓는 이유라도 있는 건가요?"

장건은 한참이나 조교인 무경과 실랑이를 하고 있었다.

아이들은 한숨을 내쉬었다.

며칠째 별 질문 같지도 않은 질문을 하고 있으니 듣는 아이들도 귀찮아질 지경이다.

'그냥 시키는 대로나 하지. 말 되게 많네.'

'쟤는 왜 저리 쓸데없는 데에 질문이 많아?'

아이들뿐만이 아니다.

벌써 며칠 동안 같은 일을 당해 온 무경의 얼굴은 발갛게 달아올라 잔뜩 일그러져 있다.

대여섯 살의 나이 차이가 그렇게 크지 않다고 해도 적은 것은 아니다. 이쯤 되면 자신을 놀리는 것 같아 화가 나기 마련이다.

"너 지금 정말로……, 몰라서 묻는 거냐?"

장건은 험악하고 좋지 않은 분위기를 느꼈지만 꿋꿋하게 마음을 다잡았다. 이왕 열심히 하기로 마음을 먹었는데 조금 까칠하다고 포기할 수는 없었다.

"몰라서 묻는다기보다는요. 궁금해서 묻는 거예요."

무경의 눈썹이 꿈틀거렸다.

"장난하지 마라."

"장난하는 게 아니에요. 질문이 있으면 언제든지 해도 된다고 하셨잖아요."

무경은 불호를 외며 끓는 화를 진정시키려 노력했다.

사실 무경으로서도 마보단편에서 왜 마보가 아닌 궁보의 자세로 하체를 고정시키는지는 잘 모른다. 그 역시 그렇게 배웠기 때문이다. 왜 그렇게 해야 하는지 한 번도 의심한 적이 없었다.

그가 그렇게 배웠듯 그동안 가르치는 내내 다른 속가 아이들도 마찬가지로 그냥 배웠다.
 굳이 이유를 묻는다면 마보단편은 그렇게 하는 게 당연하니까. 그래서 그렇게 해야 하는 것이다.
 그걸 왜 그렇게 하느냐 물으니 대답할 말이 없었다.
 아니, 장건이 질문을 하는 것이 이번이 처음이었다면 무경은 조금 더 성의 있게 대답을 궁리했을지도 모른다. 하나 이미 무경은 며칠째 장건을 겪었다.
 이제는 장건이 뭔가 묻기만 하면 화가 난다.
 '도대체 저 아이는 왜 쓸모없는 질문을 하는 거지?'
 무경에게 있어 하나도 중요하지 않은 질문을 장건은 무척이나 진지하게 물었다.
 잠깐이지만 홍오에게 무공을 사사했다고 해도 지금의 장건은 무경에게 눈엣가시처럼 여겨질 뿐이었다.
 '대체 왜 저런 아이를 데려온 것인지, 사백님의 생각을 이해할 수가 없구나. 다른 아이들에게 방해만 될 뿐이 아닌가.'
 화가 난 무경이 소리쳤다.
 "다들 마보를 서라!"
 아이들은 장건을 원망어린 눈초리로 째려보았다.
 죄다 양팔을 앞으로 하고 엉거주춤하니 마보를 섰다.
 "내가 올 때까지 그렇게 하고 있도록! 요령 피우는 녀석은 혼날 줄 알아!"
 무경은 휙 하니 승포자락을 날리며 연무청 안쪽으로 걸어갔다.
 아이들이 장건을 다시 노려보았다. 대부분이 '아, 뭐 이런 놈이 다 있어?' 하는 눈초리다.
 "너 왜 그랬어?"
 "네가 쓸데없는 이상한 질문을 하니까 무경 사형께서 열 받았잖아."
 "어떻게 마보단편도 몰라서 물어봐?"
 "아무래도 원우 사백께 가서 뭐라고 할 것 같은데……."
 "에이, 짜증나."
 며칠 함께 지내는 동안 같은 숙소의 아이들은 장건이 무공 실력은 뛰어난데 이론적인 면에서 초보나 다름없다는 걸 알고 있었다. 그러나 그걸 모르는 다른 아이들은 짜증을 부렸다.
 장건도 마보를 선 채 말했다.
 "미안해. 하지만 궁금한 건 언제라도 물어보라고 무경 사형이 말씀하셨었잖아."
 장건도 매일 밤 소왕무를 다그쳐가며 열심히 배우고는 있지만 그래도 다른 아이들이 5년 동안 배운 것을 단번에 알 수는 없는 노릇이었다.
 다른 숙소의 아이가 눈을 부라리며 윽박지르듯 말했다.
 "너 이 새끼, 너 하나 때문에 우리가 왜 이런 꼴을 당해야 돼? 모르면 주둥이 처닫고 시키는 거나 그냥 하라고."
 난생처음 듣는 험악한 말에 장건은 기겁을 했다. 꿩목에게 이놈 저놈 소리는 들었어도 이 새끼 저 새끼 하는 소리는 처음이다.

소왕무가 장건의 대각선 뒤쪽에서 마보를 한 채로 입술을 비틀어 웃었다.

"대팔이. 니가 지금 우리 조에 시비 거는 거냐?"

속가 제자들은 숙소를 기준으로 조가 나뉘어 있었다. 장건이 속한 숙소의 조는 상원육조였고, 대팔이 속한 조는 상원일조다.

소왕무와 대팔의 무공 실력은 서로 엇비슷하다. 이번 속가 제전에서는 소왕무가 이겼지만 매번 이긴다고는 볼 수 없다. 때문에 둘 간에는 매번 신경전이 치열했다.

대팔이 눈을 치켜떴다.

"소왕무. 아무 때나 나댔다가는 뒈지는 수가 있다? 이게 지금 몇 번째인지, 누구 때문인지 몰라?"

"모르는 걸 묻는 것도 죄냐? 병신."

"듣자 듣자 하니까 저 새끼가!"

대팔이 마보를 풀고 소왕무에게 달려가려 했다.

그러나 소왕무는 여전히 대팔을 비웃었다.

"얼씨구? 마보 안 해? 그러다 걸리면 내 손에 죽기 전에 무경 사형에게 먼저 죽는다."

"제기랄. 네놈 두고 봐. 창자를 뽑아서 씹어줄 테니까."

대팔은 나이답지 않게 험악한 말을 마구 내뱉었다. 그래도 마보를 다시 하긴 했다. 괜히 걸려서 혼나면 자신만 손해다.

"쯧쯧. 돈 많다고 다가 아니라니까. 머리에 든 게 없으니 입에다 걸레를 물고 저 모양이지."

대팔은 부유한 집안의 자식이지만 그의 아비는 운 좋게 많은 돈을 번 졸부다. 흔히 말하는 족보 없는 가문이다. 그러다 보니 소림사가 어려운 때에 많은 재물을 기부하고 속가 제자가 되긴 했으나, 명사나 거상의 집안인 다른 아이들에 비해 밀리는 것이 사실이었다.

대팔이 이를 갈았다.

"말 다했냐?"

"해볼래?"

소왕무와 대팔이 눈싸움을 하기 시작했다.

장건이 말렸다.

"그러지마. 난 그냥 열심히 하려고 한건데, 그게 피해가 된다면 다음부터는 조심할게."

"아냐. 그럴 필요 없어. 모르는 걸 물어보는 게 뭐가 잘못돼서?"

소왕무만이 장건을 감쌌다.

상원육조의 아이들도 이제는 장건 때문에 피곤한 상태다. 처음에야 장건에게 용조수 좀 배워보겠다고 따랐지만, 지금은 그것도 잘 안 되어서 실망하고 있었다.

용조수라고 해도 장건은 꿩목의 행동을 보면서 자연히 몸에 익힌 것인데다, 기반 단어를 모르니 제대로 설명도 할 수가 없었다.

소왕무만이 열심히 장건을 변호할 따름이었다.

대팔이 소리를 질렀다.

"무경 사형은 한 번 화가 나면 한 시진은 기본으로 마보를 시키는 거 몰라?"

아이들이 한숨을 푹푹 내쉬었다. 한 시진을 마보로 설 수 있는 아이가 있을 리 없다. 거의 서지도 못할 때까지 기합을 주는 것이다.

소왕무의 표정도 일그러졌다.

그러나 장건은 이상하게 생각했다.

'마보가 그렇게 어렵나?'

장건에게 있어 마보 한 시진은 별로 어려운 일이 아니었다.

* * *

무경은 새빨갛게 달아오른 얼굴로 연무청 한 쪽의 집무실에 들어섰다.

교두인 원우가 수련 계획을 짜고 있다가 무경을 보았다.

"안색이 좋지 않아 보이는구나. 무슨 일이라도 있느냐?"

무경은 화를 억지로 참으며 거친 숨을 몰아쉬었다.

"사백님. 아무래도 그 아이에 대해서 재고해 주셔야 할 것 같습니다."

"그 아이라니? 숨 좀 돌리고 말해 보거라."

그러나 무경은 좀처럼 마음을 진정시키지 못했다.

"왜 있잖습니까. 홍오 태사백조께서 잠깐 가르치셨다던 아이 말입니다."

어찌나 열불이 나는지 무경은 잠깐 이름도 잊었다.

"장건?"

"예. 장건, 장건이란 아이 말입니다."

원우의 표정이 눈에 띄게 굳었다.

'설마? 벌써 사고를 친 건가?'

원우가 급히 물었다.

"그 아이가 무슨 일을 저질렀느냐?"

"무슨 일을 저지르는 정도가 아닙니다. 그 애 때문에 다른 아이들의 수련을 제대로 진행할 수가 없을 정도입니다."

"뭣이?"

무경이 흥분해 손짓 발짓을 해가며 말했다.

"아니, 무슨 말만 하면 그건 왜 그러냐, 저건 왜 그러냐, 이렇게 하면 안 되냐, 하고 계속 질문을 해대지 뭡니까? 설명도 한두 번이지 계속해서 그렇게 붙들고 늘어지니 소질로서는 도저히 감당할 수가 없습니다."

며칠간 꽤나 맺힌 게 많았던 모양이다.

어쨌거나 원우로서는 우려하던 일은 아닌지라 그나마 한숨을 돌릴 수 있었다.

"사백님! 그 아이 좀 어떻게 해주십시오. 이대로는 다른 아이들에게 피해가 갑니다. 이달까지 번권의 기초도 떼기 힘듭니다."

무경을 비롯한 무자배는 홍오와 우내십존 등의 자세한 일까지는 모른다.

원우가 물었다.

"건이란 아이가 묻는 질문이 대체로 어떤 것이냐."

"딱히 짚어서 말할 필요도 없이 전부 다입니다. 이건 도대체가 무공의 기초조차 안 된 아이를 5년 과정을 마친 아이들과 함께 두다니요."

"기초도 제대로 모른단 말이냐?"

"정말이지 답답해 죽을 지경입니다. 차라리 책 한 권 던져주고 스스로 공부하라 하고 싶은 심정입니다."

"흠……."

이전에 홍오가 말한 적이 있으나 원우는 그 말을 믿지 않았었다. 기초 하나 없이 그만한 무공을 할 수 있다는 건 말도 안 되는 일이었다.

'정말로 모르는 건지, 아니면 다른 생각이 있는 건지 모르겠군.'

원우가 대답을 하지 않자, 무경이 가슴을 치며 독촉했다.

"사백님!"

원우가 인상을 쓰며 노호성을 질렀다.

"방자한 놈! 지금 어디서 언성을 높인단 말이냐!"

무경이 흠칫 놀랐다.

원우가 탁자를 손으로 내려치며 호통을 쳤다.

"승려가 마음의 평정심을 잃고 사문의 어른 앞에서 큰 소리를 내는 것이 잘하고 있는 것이냐!"

무경이 입술을 깨물며 고개를 숙였다.

"죄, 죄송합니다. 소질은 그저……."

"네가 참다못해 찾아왔다는 것은 안다. 그러면 그렇게 화를 누르지 못할 지경에 이르기 전에 날 찾아왔어야지!"

"죄송합니다."

"게다가 수업에 방해가 될 정도라면 그 아이는 도를 지나치고 있다는 것이 아니냐."

"그, 그렇습니다."

원우가 큰 소리를 냈다.

"무공을 가르치는 것이 네 일이기도 하다만 속가 제자들을 통제하는 것도 네 일이다. 통제를 벗어난 아이가 있다면 통제를 할 생각을 해야지, 혼자서 화를 낸다고 해결이 되느냐?"

"그 말씀은……."

"그 아이는 사문의 큰 어른께 귀여움을 받았으니 다소 버릇이 없을 것이다. 그러나 그것으로 인해 다른 아이들에게 해를 끼친다면 마땅히 네가 엄하게 다스려야 할 것이야."

무경은 원우의 말을 곱씹었다.

잘못된 길을 가고 있는 아이에게 벌을 주는 것은 분명히 그가 할 일이다. 그러나 어쩐지 원우는 그 이상의 것을 바라는 듯 보였다.

원우는 잠시 기다렸다가 말했다.

"일단 계속 가르치도록 해라. 가르치는 것이 네 일이 아니더냐. 그 일이 힘들다 하여 포기한다면 다른 사람들 역시 마찬가지겠지."

무경은 불편한 얼굴로 반장을 하며 고개를 숙였다.

"그리하겠습니다."

"나가 보아라."

무경은 조용히 원우의 앞에서 물러났다. 그러나 여전히 표정은 풀어지지 않았다.

그런 무경을 바라보는 원우의 표정 역시 그리 탐탁지는 않았다. 정확히는 무경 때문이 아니라 장건 때문이다.

원우는 장건이 속가 제전에서 보였던 무공들을 다시금 떠올렸다.

'나한보……, 천종미리보……. 그만한 무공을 정말로 기초도 모르고 무작정 해냈단 말인가?'

그것도 홍오는 한 번 보여주었을 뿐이라고 했다.

'어디 두고 보지.'

무경이 자신의 말을 잘 알아들었다면 이번 일을 빌미로 확인을 해볼 수 있는 계기가 찾아올 것이었다.

　　　　　　＊　　＊　　＊

　외부 연무장으로 돌아온 무경이 아이들의 마보를 풀게 했다.
　아이들은 끙끙대며 허벅지를 주무르고 다리를 풀었다. 그래도 생각보다 일찍 돌아와 다행이었다.
　무경은 가타부타 말도 없이 아까에 이어 수업을 계속했다.
　"마보단편에서 부보절장으로 이어지는 유원반배(唯願半拜)의 초식에서 중요한 것은 내기의 흐름이다."
　무경이 장건 때문에 끊긴 시범을 다시 보였다.
　반 궁보를 밟았다가 다시 직립(直立)한 자세로 양발을 고두 모으고 서면서 합장을 했다가 번개처럼 양손을 떨쳤다.
　파팡!
　날카로우면서도 무게감 있는 파공성이 울리며 무경의 소매가 자르르 떨렸다. 가까이에 있던 아이들의 머리카락이 무경의 장에서 인 바람에 살짝 날린다.
　지켜보던 아이들이 '우와!' 하고 탄성을 질렀다. 외공에는 어느 정도 익숙해졌지만, 동시에 양손으로 두 번씩 공력이 담긴 장법을 쳐내는 것은 내공을 사용하지 않으면 어려운 수법이었다.

무경이 자세를 거두고 반장하며 말했다.

"굴복무명 공경진성(屈伏無明 恭敬眞性). 나를 낮추고 상대에게 존경을 표하니, 상대를 다치지 않게 하며 물러서도록 만드는 것이다."

아이들이 저마다 '굴복무명 공경진성'이라는 구결을 입으로 중얼거렸다.

깨달음이 필요한 상승의 무공을 배울 때에는 좀 더 복잡하고 비유가 심한 구결을 듣게 되지만, 그 단계까지 이르기 전에는 간단한 구결을 들으며 익숙해져야 하는 것이다.

"유원반배의 초식은 속가인 너희들이 자주 사용할 만한 초식은 아니다만, 내기의 흐름을 이해하기 위해서는 반드시 알아두어야 할 기본적인 초식이다."

무경이 계속해서 설명했다.

"마보단편에서는 족태양방광경을 사용하여 위중혈에서 흡지(吸止)한 후, 부보에서 장심으로 내공을 보내야 한다. 이때 사용하는 경락은……."

아이들은 저마다 중얼거리고 따라 외우느라 정신이 없었다.

장건도 무경의 말을 따라 내공을 움직여 보았다.

유원반배는 스님이 합장하는 자세처럼 보여 신기했다. 더군다나 상대를 다치지 않게 물러나게 한다니 장건에게는 꼭 배우고 싶은 초식이었다.

문제는 무경이 가르쳐 준 유원반배가 장건이 받아들이기 힘들 정도로 불편하다는 것이었다.
 시키는 대로 하려 해도 어딘가 모르게 몸이 굳어져서 자세가 나오지 않았다. 무언가 비합리적이고 불필요하다는 생각에 마보단편을 제대로 설 수 없었다.
 '차라리 마보단편을 서지 않고 처음부터 부보를 서면 될 텐데.'
 장건은 나지막이 한숨을 쉬었다.
 홍오나 꽹목에게 무공을 배울 때에는 마음대로 자유롭게 할 수 있어 편했다. 어떤 질문을 해도 잘 설명을 해주었다. 장건이 그 설명으로 이해하지 못하면 알아서 하라 내버려두기도 했다.
 그런데 지금은 그렇게 할 수가 없는 상황이었다.
 마음이 가지 않으면 몸이 따라가지 않으니 궁금증을 가진 채로는 유원반배를 펼칠 수가 없었다.
 한참동안 아이들이 연습하는 모습을 보던 무경의 시선이 장건에게 가 멈추었다.
 다른 아이들은 열심히 무경이 가르쳐 준 유원반배를 펼치려 연습하고 있는데 장건만 우두커니 서서 딴생각을 하고 있었다.
 '저 녀석이?'
 무경은 속으로 '끙' 소리를 내며 참았다. 조만간 원우가 어떻게든 해준다고 했으니 그때까지는 두고볼 수밖에 없는 노릇이다.

"자, 그럼 둘씩 서로 마주보고 유원반배를 해보도록 한다. 한 사람이 조양권으로 공격을 하면 다른 한 사람이 유원반배로 마주하는 것이다."

무경이 소왕무를 불렀다.

"우선 시범을 보여줄 테니 소왕무가 앞으로 나와라."

"예!"

소왕무가 무경의 앞으로 갔다. 실력이 있으니 대부분의 시범은 소왕무의 몫이다.

"있는 힘껏 조양권으로 날 공격해라."

"알겠습니다."

소왕무는 합장을 하며 예를 취한 후, 궁보를 섰다. 허리에서부터 반대로 몸을 틀며 주먹의 등으로 무경을 공격했다.

무경이 마보단편을 섰다가 발을 거두며 유원반배를 펼쳤다.

"하압!"

파팡.

소왕무의 주먹은 무경에게 닿지도 못했다. 주먹이 튕겨나가고 팔이 튕겨나가며 허우적거렸다.

"윽!"

소왕무는 서너 걸음이나 뒤로 밀려 허우적거리다가 겨우 중심을 잡고 섰다.

소왕무가 팔이 저린 듯 주물렀으나 소리에 비해 크게 다치진 않은 모양이었다.
 "공세가 수세보다 한 배 반은 유리하다고 하나 이 유원반배는 오히려 수비에서 이처럼 상대를 물러나게 할 수 있는 것이다. 자, 너희들도 해보아라. 내가 돌아다니며 봐주마."
 아이들은 둘씩 짝을 지었다.
 소왕무는 당연히 장건과 하려고 했으나 무경의 앞에서 돌아오기도 전에 누군가 장건의 앞에 섰다.
 대팔이었다.
 대팔이 소왕무를 보며 씨익 웃었다.
 "어이, 여긴 내 자리야. 다른 데 가봐."
 "이 자식이 진짜……."
 소왕무가 화를 내려 했으나 장건이 말렸다.
 "괜찮아. 연습하는 건데 뭐."
 소왕무는 잠시 대팔을 노려보다가 도리어 비웃음을 머금었다. 대팔이 굳이 장건의 앞에 선 이유는 충분히 예측하고도 남음이 있었다.
 연습을 빙자해 장건에게 뭔가 해코지를 하려는 생각이 눈에 뻔하게 보였다.
 그러나 장건이 그리 호락호락하게 당해 줄까?
 '나도 옷자락 한 번 제대로 못 건드려본 녀석인데, 큭큭.'
 소왕무는 여유 있는 미소를 보이며 말했다.
 "잘해 봐라."

"너나 잘해. 기분 나쁜 놈."

대팔은 고개를 돌리고 장건을 보며 히죽댔다.

"홍오 태사백조께 배웠다며?"

"응."

"어디 실력 한번 보자. 내가 먼저 조양권을 할 테니 네가 유원반배를 해."

"알았어."

장건의 아무렇지 않은 대답을 들은 대팔의 눈꼬리가 치켜올라갔다.

'건방진 새끼. 너 때문에 우리가 얼마나 피곤한데. 어디 한번 뒈져봐라.'

보통 새로 무공 초식을 배우면 연습을 하더라도 상대방에게 전력을 다하지는 않는다. 익숙지 않아 어리바리한 탓도 있고 서로 맞춰가며 연습을 해야 제대로 몸에 익기 때문이다.

그러나 대팔은 그럴 생각이 전혀 없었다.

장건 때문에 고생하는 것도 그렇지만 장건이 마음에도 들지 않았다. 가뜩이나 2인자란 소리를 들으며 무시를 당하는 마당에 소왕무가 장건을 감싸고도니 괜히 장건이 더 미워지기만 했다.

'맛 좀 봐라.'

대팔은 말도 없이 주먹을 뻗었다. 그것도 조양권이 아니라 왼손으로 오른손의 팔목을 감싸듯 하는 자세다.

대팔이 가장 자신 있어 하는 소홍권(少洪拳)이었다.
부웅!
대팔의 허리에서부터 장건의 가슴을 향해 대팔의 우권(右拳)이 날아갔다.
대팔의 손이 날아오는 때에 장건은 다른 생각을 하고 있었다.
'반궁보에서 유원반배를 서는 것과 그냥 마보에서 유원반배를 하는 게 뭐가 다른 거지? 내공을 움직이는 방식이 다른가?'
아무리 장건이 홍오의 돌팔매를 피할 정도라고 해도 다른 생각에 빠져 있는데 대팔의 소홍권을 피할 수 있을 리 만무했다.
"앗!"
유원반배를 연습해 보기도 전에 대팔의 소홍권이 장건의 가슴에 닿았다.
장건은 최대한 몸을 피하려 했으나 유원반배로 막아야 한다는 생각에 잠시 주춤거렸다.
뻐억!
"컥!"
눈앞이 캄캄해진다 싶더니 곧 숨이 콱 막혔다. 고통의 외침을 내뱉으려 하는데 목에 탁 걸려서 소리가 나오지 않았다.
온몸의 신경이 명치로 쭉 빨려들어 가는 듯했다. 팔다리에 힘이 빠지고 눈알이 튀어나올 것 같았다.
 그리 오래전도 아니었던 끔찍한 기억이 떠올랐다.
 스스로 자기의 몸을 때렸던 때. 그때만큼은 아니었지만 분명 지금도 고통스러웠다.
 '아, 아파.'
 장건은 명치를 붙잡고 무릎을 꿇었다.
 "컥…… 컥."
 평범한 주먹도 아니고 무공을 배운 소림 속가 제자의 소홍권이었다.
 그 주먹에 급소를 맞았으니 장건이 아무리 날고 기는 재주가 있어도 아프지 않다면 거짓말이다.
 온몸이 덜덜 떨렸다.
 "컥컥……."
 입을 다물기도 힘들어서 침이 뚝뚝 흘렀다.
 장건이 숨을 제대로 쉴 수 있을 때까지는 꽤 시간이 걸렸다. 이마에 땀이 송글거리고 맺혔다. 꽉 힘이 들어간 손바닥에 땀이 배이고 등줄기가 축축해졌다.
 남에게 맞은 것은 처음이어서 그런지 더 아팠다. 꾕목에게 꿀밤을 맞는 것처럼 장난식이 아니라 누군가에게 정식으로 맞은 것은 처음이었다.
 장건에게 있어서는 짜릿한 첫경험이었다.
 "후아 후아."

장건은 심호흡을 했다. 숨을 쉴 때마다 명치가 날카로운 것에 찔린 듯이 쿡쿡 쑤셨다.
"콜록콜록."
몇 번이나 기침을 한 끝에 장건은 겨우 숨을 돌렸다.
모종의 성과를, 그것도 생각지도 못한 대단한 성과를 거둔 대팔이 그제야 호들갑을 떨며 장건을 부축하는 척했다.
"아이쿠! 이런이런, 내가 실수했네. 난 네가 이 정도는 막을 줄 알았지. 워낙 대단한 분께 배웠다고 해서."
대팔이 무경의 눈치를 힐끗 살폈다. 무경도 이 광경을 보긴 했으나 별말은 하지 않았다.
장건은 찔끔 눈물이 흘러나온 눈과 코, 입을 손등으로 문질러 닦았다. 그리고는 대팔을 보며 물었다.
"일부러 그런 거야?"
대팔은 피식피식 웃으면서 대답했다.
"그럴 리가 있냐. 이건 수련이잖아. 연습이라고 해서 무시하면 안 되지. 알겠어? 네가 잘못한 거야."
장건은 한 번 더 크게 심호흡을 했다.
"그래. 딴생각을 한 내가 잘못한 거긴 해."
장건은 원래 무공에 대해 계속해서 거부감을 가지고 있었다. 빨리 걷고, 힘 안 들이며 청소도 할 수 있는 무공은 정말 좋았다.
그러나 배우는 건 꼭 누군가를 때리는 무공이었다. 그래서 열심히 하겠다고는 했어도 마음 한구석이 계속해서 걸렸었다.
 그런데 참으로 신기하게도 한 대 아프게 맞고 나니 그런 거부감이 슬슬 사라지고 있었다.
 맞아서 얼마나 아픈지 알고 나니 때릴 수도 있겠다는 생각이 들었다. 물론 그렇다고 해서 무뢰한처럼 때리는 걸 즐기는 게 아니었다. 단지 지금처럼 사람을 때려놓고 이죽거리는 면상을 보면 때릴 수 있을 것 같았다.
 "맞으면 정말 아파."
 "아프지. 그럼 안 아플 줄 알았냐?"
 대팔이 낄낄대며 손가락을 까딱거렸다.
 "억울하냐? 억울하면 이번엔 네가 해봐. 이 몸께서 유원반배의 진수를 보여줄 테니까."
 장건은 호흡을 가라앉히고 가만히 생각했다.
 대팔이 사용한 것이 조양권이 아니라는 것쯤은 알았다. 곁눈질로 다른 아이들을 보니 대팔의 권법과는 완전히 달랐다.
 조양권은 팔꿈치를 접지 않고 원을 그리며 크게 휘두르는 것이 특징이다.
 '조양권은 저렇게 하는 거구나.'
 상대가 비겁하다고 해서 자기도 비겁하게 굴기는 싫었다. 하지만 상인의 피를 이어받아 그런지 당하고만 사는 것도 싫었다.
 '그래도 금강권만큼 무서운 건 아닌 것 같네.'

장건은 조양권을 배운 적이 없었다. 속가제전에서 소왕무가 사용한 것과 조금 전 무경이 시범을 보일 때 소왕무가 사용한 것, 그 두 번 본 것이 다였다.

그래서 다른 아이들을 보고 조양권을 연구하는 데에 잠깐 시간이 걸렸다.

대팔이 윽박지르듯 소리를 냈다.

"어서 해보라니까? 왜? 슬슬 겁이 나냐?"

장건은 고민하다가 가볍게 주먹을 쥐었다.

'그래도 연습이니까 비무할 때처럼 내공을 쓸 필요는 없겠지. 그럼 이렇게……'

장건의 손이 가볍게 흔들렸다.

솔직히 말해서 대팔은 뭔가 흐릿한 것이 움직인다는 정도만 보았다. 그게 무엇인지, 어떻게 날아왔는지도 몰랐다.

분명히 만반의 준비를 하고 있었는데…….

빡!

대팔의 얼굴이 가볍게 옆으로 돌았다. 눈앞이 순간 하얗게 변하며 아무것도 보이지 않았다.

정신을 차리고 보니 대팔은 자리에 주저앉아 있었다.

"뭐, 뭐야?"

장건이 깜짝 놀란 얼굴로 대팔을 부축했다.

"아앗! 미안. 너무 셌나봐."

"너무 셌나봐? 이…… 이 새끼가?"

가볍게 맞은 것치고는 뺨이 얼얼했다. 대팔이 주위를 보니 아이들이 자신을 쳐다보고 있었다. 빡 하고 맞는 소리가 났으니 놀라서 쳐다본 것이다.

'이런 쌍. 쪽팔리게……'

대팔은 이를 갈며 장건의 손을 걷어냈다. 대팔은 근처의 아이들이 들으라는 듯 큰 소리로 말했다.

"치워! 비겁한 놈."

장건이 얼떨떨한 얼굴로 자신을 가리키며 물었다.

"내가 비겁하다고?"

"그래! 시작한다고 말도 안 하고 주먹질을 해?"

"하지만 너도 시작한다고 하지 않았잖아."

"시, 시끄러워!"

대팔은 벌떡 일어났다.

"다시 해봐. 너 이 새끼. 어디서 비겁한 짓은 배워가지고……"

"유원반배의 진수로 막는 걸 보여준다며?"

"이 새끼가 날 놀려?"

장건은 입을 삐죽 내밀었다.

"알았어. 그럼 다시 할게. 시작한다?"

대팔은 잔뜩 긴장했다.

'이 거리에서의 조양권은 뻔하지. 방금처럼 오른손으로 허리에서부터 내 턱까지 올라오는 걸 차단하면 돼.'

대팔은 준비를 끝내고 말했다.
"얼마든지 시작해 보……."
빡!
이번에는 대팔의 얼굴이 반대쪽으로 돌았다. 이번엔 정신줄을 놓을 정도는 아니었다.
그런데 꼭 따귀를 맞은 것 같아서 기분이 더러웠다. 대팔이 인상을 쓰고 소리쳤다.
"이거 진짜 비겁한 새끼네?"
"이번엔 한다고 말했잖아."
양 뺨이 붉어진 대팔이 당황하며 악을 썼다.
"야, 이 새꺄. 왜 이번엔 반대 손으로 때려!"
"반대 손은 안 돼?"
"안 돼!"
장건도 뿔이 났다. 억지로 우기는데 굳이 사정을 봐줄 필요가 없었다.
"알았어. 다시 하면 되지, 뭐."
대팔은 자기도 모르게 '헉!' 하고 놀랐다. 장건의 말이 끝나기가 무섭게 유원반배고 뭐고 양팔을 들어올려 얼굴을 가로막았다. 그리고서는 팔 사이의 틈으로 장건을 보았다.
장건은 움직이지도 않고 가만히 서 있었다. 작은 미동도 없었다.
'속았나?'

그런데 갑자기 눈앞에 흐릿한 것이 왔다 갔다고 느낀 순간. 대팔의 얼굴이 돌았다.

빡!

경쾌한 타격 소리에 다른 아이들의 시선이 장건과 대팔을 향했다.

아무리 연습이라고는 하지만 대팔이 일부러 장건과 짝을 지은 것은 다들 알고 있었다.

대팔이 누구인가. 현 기수 최고인 소왕무와 거의 엇비슷한 실력을 가진 아이다. 5년간의 기본 교육이 끝나고 집으로 잠시 휴가를 다녀왔는데 그때 동네의 한량들 서넛과 싸워 때려눕혔다고 자랑하던 아이다.

그런데 그 대팔이 손 한 번 못 써보고 당하고 있었다.

"장난 아니네?"

"심하다."

"아무리 그래도 연습인데……. 일부러 그러는 거 아냐?"

아이들이 연습을 멈추고 수군거렸다. 대팔은 창피해서 돌아간 고개를 돌리지도 못했다.

'씨, 씨발. 뭐 이래?'

분명히 얼굴을 가렸는데 그 사이를 뚫고 얻어맞았다. 그것이 의미하는 건 단 하나다.

'빨라! 이 새끼 진짜 빨라!'

생각해 보니 장건의 손이 움직이는 걸 보지도 못했다. 그냥 흐릿하게 뭔가 휙! 하고 움직였을 뿐이다.

적어도 어깨가 흔들린다거나 다리에 힘을 주면서 자세가 낮춰진다거나 해야 할 텐데, 아무런 준비 동작이 없었다.

'이건 말도 안 돼!'

방장 굉운이 탐을 낼 정도로 무재였던 검성의 제자 문사명도 막을 수 없을 거라 했던 장건이다. 대팔이 막을 수 있는 수준이 아니었다.

그러나 대팔은 아직도 인정할 수가 없었다.

대팔이 달아오른 얼굴로 성을 냈다.

"내 차례야!"

몇 대나 맞았는지 조양권이고 뭐고 없었다. 대팔은 아예 장건의 얼굴을 날려 버리겠다는 생각으로 주먹을 날렸다.

진각을 밟듯 앞으로 길게 몸을 빼며 왼손으로 오른손의 주먹을 거들어 일직선으로 공격하는 자세.

소홍권의 소차(召車)라는 강한 위력의 수법이다.

"이야아!"

피하자면 쉽게 피할 수 있었다.

하나 장건은 유원반배로 대팔의 소홍권에 맞서기로 했다.

아직 자세가 제대로 잡히지 않아 제대로 된 유원반배는 아니었다. 합장도 하지 못하고 그냥 서 있던 자세 그대로 약간 내려앉으며 반 마보의 자세에서 손바닥을 뻗었다.

타타탁!

무경처럼 경쾌한 소리가 나진 않았다. 그럼에도 대팔을 밀어낼 충분한 위력은 있었다.

"어어어?"

팔이 튕겨나간 대팔의 상체가 넘어질 듯 뒤로 젖혀졌다. 대팔은 허둥거리면서 자세를 바로잡았다.

"이런 씨!"

대팔이 이를 악물고는 다시 장건을 공격했다. 이번엔 소홍권을 사용하려는 듯하다가 정말 조양권을 썼다. 아래에서부터 반원을 그리며 대팔의 주먹이 장건의 턱을 치고 올랐다.

장건은 찜찜한 표정으로 대팔이 공격해 오는 것을 보았다.

'뭐야? 상대를 다치게 하지 않고 물러서게 만든다더니, 또 덤비잖아?'

이럴 거면 굳이 어렵게 유원반배를 하느니 익숙한 용조수를 쓰는 게 나을 것 같았다.

하지만 장건은 다시 한 번 유원반배를 해보고 싶었다. 유원반배의 동작에서 무언가 기묘한 느낌을 받은 탓이었다.

장건은 마보단편을 서지도 않고 궁보를 취하지도 않았다. 무경이 알려준 경락의 길을 따라 내공을 움직이는 데에 더 집중했다. 중요한 것은 내기의 흐름이라 했다. 자세보다는 내공의 운용에 유원반배만의 무언가가 있는 듯했다.

대팔이 나름대로 속임수 동작을 사용하긴 했으나 장건은 속지 않았다. 주먹을 뻗기 전부터 다른 팔의 어깨와 다리에 힘이 잔뜩 실려 있는 걸 보면서 소홍권이 아니라는 걸 벌써 파악하고 있었다.

장건이 손바닥을 뻗었다.

대팔의 좌권이 장건의 우장에 막혔다.

스윽!

권으로 손바닥을 때렸는데 찰싹 하는 소리도 아니고 탁 하는 소리도 아닌 묘한 소리가 났다.

뒤이어 날린 대팔의 우권도 장건의 좌장에 걸렸다.

스윽.

대팔은 대경실색했다.

"뭐야!"

마치 장건의 주먹이 빨려든 듯했다. 손을 떼려고 해도 딱 붙어 떨어지지 않았다.

그리고 그 순간 대팔은 뒤로 몇 걸음이나 튕겨져 나갔다.

"우앗!"

데구르르르.

대팔은 바닥을 구르다가 엎어진 자세로 멈췄다. 다친 것은 아닌데 도저히 창피해서 일어날 수가 없었다.

다른 아이들이 휘둥그레진 눈으로 장건을 쳐다보는데, 장건은 자신의 양손을 내려다볼 뿐이다.

'우와아. 이런 거였구나!'

장건은 자신의 양손을 신기한 듯 이리저리 뒤집어 보았다.

'금강권은 위험하다는 생각이 들었는데 유원반배는 그렇지 않았어. 역시 내공을 어떻게 경락에 돌리느냐에 따라 다른 효과가 나는 거야. 희한하네.'

대팔은 아직까지 일어나지 않고 있었지만 장건은 걱정하지 않았다. 사람을 다치게 할 만큼의 느낌은 전혀 없었다.

'됐어. 이제 다른 사람을 다치게 할까봐 걱정하지 않아도 된다!'

무공을 다시 배우길 잘한 것 같다는 생각이 들었다.

'바로 이런 거였어!'

무공을 배운 이후, 장건이 이토록 기뻐한 적은 처음이었던 것 같았다.

제6장

합체!

대팔은 분을 못 참고 씩씩댔다.

그렇다고 마냥 엎드려 있을 수도 없는 노릇이라 엉거주춤하게 일어서긴 했다.

아이들은 연습도 잊고 장건을 보며 수군댔다.

"저, 저거 유원반배 맞지?"

"그런 것 같은데."

"근데 뭔가 좀 이상하기도 하고……."

무경도 적잖이 놀랐다.

유원반배는 내공을 이용해야만 하는 수법이다. 내공을 이용하는 수법은 수백, 수천 번의 수련으로 몸에 익히지 않으면 자연스럽게 사용할 수가 없다.

　의념으로 내공을 움직여 경락을 돌게 하면 몇 배 이상의 시간이 걸리기 때문에 무의식적으로 내공이 움직이도록 수련을 해야 하는 것이다.

　한데 가르치기가 무섭게 그것을 비슷하게 흉내라도 낼 수 있다니!

　그러나 이내 무경은 고개를 저었다.

　'유원반배의 일부분을 뚝 잘라놓은 듯하나 유원반배는 아니다. 유원반배와는 달라.'

　장건은 유원반배의 동작을 아무것도 하지 않았다. 장건이 한 것은 선 채로 쌍장을 내민 것뿐이다.

　'하지만 이상하다. 아무리 내공을 썼다 하더라도 형(形)이 없는데 어떻게 같은 결과가 나왔지?'

　아무래도 아직 20대 초반인데다 강호행을 한 번도 나가지 않은 무경이었다. 그의 식견으로써는 더 이상의 추측을 할 수가 없었다.

　그래도 장건이 한 것은 유원반배가 아니라는 확신은 충분히 할 수 있었다.

　무경이 장건에게 다가갔다. 놀란 상태였으나 표정은 싸늘했다.

　"지금 뭘 한 거냐?"

　"아, 그게요……."

"그게 내가 가르친 유원반배냐?"

무경은 장건을 심문하듯 사납게 쏘아붙였다.

"나는 네게 유원반배를 하라 했지, 다른 수법을 쓰라고 하지 않았다. 무슨 수법이었는지 말해 보아라."

장건이 무경을 똑바로 쳐다보고 말했다.

"유원반배 한 거 맞는데요."

"뭐라고?"

무경이 눈을 부릅떴다.

"자세는 좀 달랐지만 가르쳐 주신 경락으로 기를 움직인 거예요."

"이놈이 어디서 요상한 수법을 배워와서는!"

"아니에요. 정말 오늘 배운 유원반배를 한 거예요."

자세도 그렇거니와 정말 유원반배를 한 거라고는 생각할 수 없었다. 아무리 천재라도 처음 배운 유원반배를 이렇게까지는 할 수 없는 것이다.

무경은 장건이 홍오에게 배운 다른 수법을 사용한 거라 생각했다.

"시끄럽다! 이젠 거짓말까지 할 셈이냐? 네가 그렇게 자신 있다면 내 권도 받아낼 수 있을까!"

무경의 분노한 표정에 아이들은 기가 죽었다. 무승(武僧)들도 승려이니 어지간해서는 이렇게까지 화를 내지 않는다.

무경은 금방이라도 장건을 날려 버릴 기세인 것이다.

아이들은 생각 같아서야 장건을 말리고 싶었으나 무경이 너무 화가 나 있어 섣불리 끼어들 수가 없었다.
"왜 대답을 못할까!"
무경의 독촉에 장건이 담담하게 대답했다.
"네. 아직 서툴긴 하지만 해볼게요."
아이들이 입을 쩍 벌렸다.
'저런 멍청이!'
'빌어도 모자랄 판에!'
'괜히 우리한테 불똥 튀는 거 아냐?'
그런 반면 소왕무는 그것도 재밌겠다는 생각이 들었다. 속가 제전에서 장건에게 지긴 했지만, 장건이 부상을 당한 탓에 본산 제자와의 비무 자격이 소왕무에게 주어졌다.
그때 소왕무는 제대로 해보지도 못하고 패배했다. 장건이라면 어디까지 할 수 있을지 궁금해졌다.
"이놈! 참으로 오만하구나! 사이한 수법을 유원반배라 우기는 것도 모자라 사문의 사형을 기만하기까지 하다니!"
무경은 장건이 건방지게 구는 것으로밖에 보이지 않았다. 보통 아이들이라면 이럴 때 잘못했다며 용서를 구했을 터였다.
하지만 장건은 억울하다.
"유원반배를 하라고 해서 했고, 한 번 막아보라고 해서 하겠다 했는데 왜 그게 기만하는 게 되나요? 저 그렇게 나쁘고

못된 애 아닌데요."

"그, 그래도 이놈이!"

무경은 화가 끝까지 났다.

"네가 홍오 태사백조께 귀여움을 좀 받았다 해서 하늘 높은 줄을 모르는구나! 내 오늘 네 버릇을 똑똑히 가르쳐 주겠다."

무경의 말은 원우의 말과 거의 같았다. 어쩌면 그것은 원우의 말이 촉매가 되어 무의식적으로 나온 것일 수도 있었다. 그러나 무경은 그것을 제대로 인지하지 못할 정도로 화가 났다.

아이들은 마침내 올 것이 오고야 말았다고 생각했다. 그나마 위안이 되는 것은 이 일로 자신들에게 피해가 오지는 않을 거라는 점이었다.

"연무대로 오르거라!"

무경은 청석판으로 바둑판처럼 네모나게 맞추어 놓은 연무대로 성큼 올라가 버렸다.

장건은 어찌할 줄 몰라 소왕무를 쳐다보았다.

소왕무는 어색하게 웃으며 연무대를 눈짓했고, 이어 무경의 호통이 들려왔다.

"어서 올라오지 않고 뭘 하느냐!"

장건은 어쩔 수 없이 연무대를 올랐다.

"못된 놈."

"예?"

장건이 눈을 둥그레 떴다.

"아까부터 제가 왜요?"

"그래도 네 잘못을 모르겠느냐? 지금이라도 잘못을 인정하고 앞으로 잘하겠다 맹세하면 용서해 주마."

"전 잘못한 게 없는데요."

"아무래도 좋은 말로는 널 계도할 수 없는 듯하구나. 마음을 단단히 먹는 것이 좋을 거다."

마음을 단단히 먹은 것은 오히려 무경이다. 며칠 되지도 않았는데 이렇게까지 미운 털이 박힌 아이는 처음이었다.

'원우 사백의 말씀이 옳다. 이 아이를 내버려두는 것은 아이를 위해서도 좋지 않다. 내 오늘 크게 손을 써야겠다.'

그것이 원우가 의도한 일인지는 모르나 무경은 그렇게 생각했다.

"삼 초를 양보하마."

"네?"

"내가 선배니 세 번, 공격을 양보하겠다는 뜻이다. 그것도 모른다 할 셈이냐?"

"아아, 그렇군요."

하지만 장건은 공격을 할 생각이 없었다.

'왜 유원반배를 하라고 하면서 공격을 하라는 거지?'

장건이 가만히 있자 무경은 울컥했다.

"양보가 필요 없다면 내가 먼저 가도 되겠지."

"아니, 그게 아니구요……!"

"시끄럽다!"

무경은 장건의 사정 따위는 아랑곳 않고 곧바로 신법을 전개했다.

무경은 장건이 기억하는 소왕무와 확실히 달랐다. 한 단계, 혹은 두 단계 더 위인 듯싶다.

게다가 소왕무처럼 장건의 빈틈을 노리지 않고 곧바로 정면으로 치고 들어온다.

그만큼 자신감이 있다는 뜻이다.

장건의 바로 앞까지 쇄도한 무경이 힘껏 발을 굴렀다.

쿵!

커다란 진각 소리와 함께 무경의 주먹이 정면으로 날아왔다.

"어어?"

무경의 주먹은 소왕무보다 몇 배나 빠르고 강맹하다.

장건은 아슬아슬하게 몸을 틀었다.

부웅!

코끝을 살짝 스쳤는데 머리카락이 확 날렸다.

긴장감이 찌르르 하고 등줄기를 타오른다.

두어 번 정도 무경의 주먹을 피해냈는데 갈수록 빨라진다. 나중에는 주먹이 십여 개로 보였다.

도저히 막지 않고는 피할 수 없는 상황이었다. 유원반배를 하려 해도 그럴 틈을 주지 않았다.

장건은 별수 없이 용조수를 써 잠시 시간을 벌려 했다.

마치 무쇠 덩어리 같은 주먹이 날아오는지라 용조수로 잡을 수 있을지 겁이 살짝 났지만, 지금 믿을 것은 그것뿐이었다.

장건은 눈을 크게 뜨고 무경의 움직임을 지켜보았다.

흐릿하게 동선이 보인다.

'찾았다!'

장건이 손을 뻗었다.

타타타탓!

무경은 자신의 주먹이 순식간에 봉쇄당하자 적잖이 당황했다.

손목이 꺾여 주먹을 쥘 수가 없게 되고, 팔꿈치로 파고 들어온 장건의 손등에 팔이 접혔다.

순식간에 무경은 자신의 팔을 교차해 가슴에 올려놓은 꼴이 되고 말았다.

뭘 어떻게 당했는지도 모르게 당했다.

온몸에 전율이 흘렀다.

'엄청난 금나수법!'

이런 실력이 있으면서도 기초적인 건 모른다고?

무경은 의심이 들었지만, 그 전에 자신이 당한 수법부터 해결해야 했다.

그런데.

'……'

소왕무도 그랬듯 무경도 곧 자신의 팔이 자유롭다는 걸 깨달았다.
  금나수법은 점혈을 하거나 관절을 꺾어 상대의 팔을 봉쇄하는 것이다. 한데 무경은 아무렇지도 않았다. 정말 말 그대로 그냥 가슴 위에 손을 올린 정도의 기분이었다.
  '이건 뭔······.'
  무경은 물러나려다가 다시 팔을 풀며 앞으로 전진했다.
  "네가 이젠 사형을 놀리는구나!"
  구족계를 받기 전 온갖 잡다한 일을 하면서도 이렇게까지 화가 난 적은 없었다.
  무공을 제법 할 줄 아니 홍오가 예뻐할 만은 하다. 그러나 그렇다고 해서 사문의 선배를 농락하다니!
  "네가 그렇게 잘났느냐!"
  눈가에 독기가 어린 무경이 살기를 뿜었다. 승려로서는 금기시되는 살의(殺意)를 품은 것이다.
  방금과는 비교할 수 없을 만큼의 공력을 담아 무경이 장건을 몰아쳤다.
  장건은 거의 맞는 듯 안 맞는 듯 최소한으로 무경의 공격을 피해내고 있었다. 위험하지만 무경이 거의 몸으로 덮치듯 우악스럽게 맹공을 퍼붓는데도 뒤로 물러나거나 옆으로 피하지 않고 발을 슬쩍 옮기는 것만으로 무경의 옆쪽 방위를 점했다.
  최소한의 움직임으로 피하기 때문에 그만큼 무경은 허점이

함께! 189

드러나고 빈틈이 생기는데 비해 장건은 더 여유롭게 피할 수 있었다.
　이를 지켜보던 아이들은 얼이 빠졌다.
　"장난 아니네."
　특히나 장건을 우습게보고 덤볐던 대팔은 완전히 기가 눌렸다.
　"젠장. 내가 저런 놈에게 덤볐다고?"
　왜 소왕무가 실실거렸는지 이제야 알 것 같다. 소왕무는 이미 장건과 비무를 해본 적이 있으니 장건의 실력을 알고 있었던 것이다.
　갑자기 몸이 오싹하다.
　장건의 명치를 있는 힘껏 때린 생각이 나서였다.
　"하하, 하하······."
　대팔은 어이없이 웃다가 한숨을 길게 내쉬었다.
　"난 죽었구나."

　무경은 점점 더 바짝 열이 올랐다.
　자신이 온 힘을 다해 공격을 하는데도 털끝 하나 건드릴 수 없다는 사실을 믿고 싶지 않았다.
　철벽을 마주한 기분이었다.
　그의 사부와 대련을 할 때에도 이런 느낌은 아니었다.
　'어디까지 날 얕보고 피할 수 있나 보자!'

무경은 오기를 머금고 공력을 끌어올렸다. 그가 이제까지 배운 소림의 절기가 무수히 쏟아졌다.

장건이 기겁을 하며 손을 뻗었다.

타타타탁!

용조수다.

마치 거미줄처럼 무경의 손과 장건의 손이 얽혔다. 눈 한 번 깜박일 사이에 무경의 손은 장건의 손에 제압당해 접혀가고 있었다.

그러나 무경은 예상하고 있었다는 듯 동요하지 않았다.

장건의 용조수는 분명 절묘하고 쾌속한 금나수법이긴 하나 이미 무경의 눈에 익은 수법이었다. 사실상 무경에게 큰 피해를 주는 수법도 아닌 이상에야 용조수는 아이들 장난에 불과할 뿐이었다. 전혀 두려워할 필요가 없었다.

무경은 팔을 풀지도 않고 어깨로 장건의 가슴을 밀었다. 단순한 밀기가 아니라 가슴뼈를 함몰시킬 수 있을 정도의 공력이 담긴 기술이다.

"아!"

소왕무처럼 용조수를 다 당하고 반격에 나선 게 아니라 도중이었기에 장건도 깜짝 놀랐다.

장건이 한 발 물러서며 피하려 하는데, 팔이 빠지지 않았다. 장건이 방심한 틈에 팔을 잡혀 있던 무경이 도리어 장건의 팔을 잡은 것이다.

가진 능력에 비해 대련 경험이 적은 것이 완연하게 드러나는 순간이었다.

무경은 팔을 잡은 그대로 무영각(無影脚)을 날렸다. 어깨를 움직이지 않고 발끝으로 상대의 명치나 급소를 가격하는 은밀한 퇴법이다.

장건은 위험을 느꼈으나 워낙 은밀한 발차기여서 어디서 위험이 닥치는지 알 수가 없었다.

빡!

장건은 무경이 차는 것도 보지 못했는데 정강이가 부서져나가는 고통을 느꼈다.

"악!"

엄청난 통증이었다.

장건이 주춤하는 사이 무경은 그 틈에 장건의 팔을 되꺾었다. 제대로 된 금나수법이다.

"아!"

팔이 비틀리며 끊어질 듯한 통증이 오자 장건은 어쩔 수 없이 무릎을 굽혔다.

무경은 이를 깨물었다.

'아무리 실전 경험이 없다고 해도 이렇게까지 허술해?'

생각 같아서는 장건의 팔을 확 부러뜨리고 싶은 심정이었다. 그러나 이대로 끝내기에는 머릿속이 너무 복잡했다.

'그 대단한 용조수에 건드리기도 힘든 신법을 쓴 놈이 겨우

이 정도에 당한다고?'

이것도 장난일까?

그러나 표정과 행동을 보건대 결코 장난이 아닌 것 같았다.

"도대체 무슨 생각이냐!"

무경은 답답한 나머지 소리를 지르며 장건을 일으켜 세웠다. 그리고는 발로 장건을 걷어찼다.

퍽.

장건이 배를 움켜쥐고 움츠렸다.

아파서 숨을 쉬기도 곤란할 지경이다. 그러나 그보다도 더 장건을 마음 아프게 하는 건 화를 내고 있는 무경이었다.

소왕무와 비무를 했을 때가 생각난다.

'하지만 난 최선을 다하고 있는데……. 정말 열심히 하려고 하는 건데.'

왜 자신의 진심을 알아주지 않는 것일까?

그때 무경이 주먹을 뻗어오는 것이 보였다. 대홍권(大洪拳)이다. 대팔의 소홍권과 비슷하나 기세는 사뭇 강렬하다.

'맞으면 죽을 것 같아!'

장건은 정신이 퍼뜩 들었다.

막아야 한다는 생각이 들자 단전에서 내공이 끓는 물처럼 들끓었다. 자기도 모르게 금강권을 펼칠 뻔했다.

'안 돼. 내가 무공을 다시 해보기로 한 건 다른 사람을 다치게 하려는 게 아니잖아.'

함께! 193

장건은 몇 가지 방법을 떠올렸으나 조양권은 아직 미숙하고 용조수는 쓸모가 없었다. 금강권은 더더욱 할 수 없다.

남은 건 유원반배뿐.

장건의 눈동자에 무경의 권이 크게 확대되어 들어왔다.

'할 수 있어!'

유원반배는 상대의 힘을 온몸으로 고스란히 받아들였다가 다시 되돌리는 수법이다.

장건은 양손을 뻗어 무경의 권을 마주했다. 무경의 강력한 정권을 정면으로 마주친 것은 누가 봐도 무리한 일이다 싶었다.

그러나 무경은 장건의 손바닥을 튕겨낼 수가 없었다. 두터운 판자를 박살낼 수 있는 공력을 실었음에도 불구하고 마치 물먹은 솜을 친 듯한 기분이 들었다.

'이럴 수가! 정말 유원반배를 하고 있단 말인가!'

무경은 한 번 더 공력을 끌어올렸다.

"타앗!"

권에 담긴 힘이 한층 강해졌다.

'으윽!'

장건은 내공이 무경보다 부족하다. 양손으로 무경의 정권을 막고는 있었지만 팔이 점점 무거워져 무경의 권력을 다 받아낼 수가 없었다.

공력의 차가 크다.

'이, 이제 밀어내기만 하면 되는데!'

장건은 이를 악물었다.

'이럴 때 용조수를 쓸 수 있다면······.'

용조수와 유원반배의 내공 운용은 서로 다르다. 용조수는 상체의 경락을 쓰고 유원반배는 상체와 하체를 모두 사용한다. 보통 이런 경우에는 내공을 단전으로 되돌렸다가 다시 필요한 경락으로 옮겨야 한다.

'아!'

번개처럼 장건의 머리에 좋은 생각이 떠올랐다. 굳이 용조수와 유원반배를 따로따로 구분할 필요가 없지 않을까, 하는 생각이 들었던 것이다.

장건의 몸 안에서 내공이 크게 요동쳤다.

상체와 하체의 접점인 허리 부근의 대맥(帶脈)을 용조수와 유원반배의 접점으로 사용한 것이다. 그렇게 하면 단전으로 내공을 되돌릴 필요가 없이 다시 원하는 부분으로 보낼 수가 있다.

'됐다!'

혈도와 경락에 대해 공부한 것이 이럴 때 크게 도움이 되었다.

장건은 갑자기 유원반배의 자세를 풀고 용조수를 펼쳤다.

"헛!"

무경은 대경실색했다.

합체! 195

서로 이용하는 경락이 다른 무공을 갑자기 바꾸어 펼치다니!

무경이 급히 막으려 했지만 장건의 용조수를 막는다는 건 무리였다.

장건의 손등이 무경의 팔뚝을 치고 안으로 파고들어 쭉 정권을 질러낸 팔의 팔꿈치를 두드렸다. 이어 팔 안쪽 오금을 밀어 무경의 팔을 안으로 접히게 만들었다.

정권 동작이 풀리고 자신의 힘을 감당해내지 못한 무경의 몸이 앞으로 쏠렸다.

타타탓!

눈 깜짝할 사이에 무경의 양팔이 장건의 손에 밀려 고스란히 가슴 위에 얹혔다.

그러나 이것만으로는 아무것도 아니라는 걸 무경도, 장건도 안다.

용조수를 두려워하지 않고 무경이 무영각을 올려차는 순간.

장건은 마지막 순간에 무경의 양팔을 가슴에 대고 밀면서 다시 대맥으로 내공을 유통시켰다.

용조수의 끝 동작에서 유원반배가 펼쳐졌다. 힘을 가하면서 지식법을 이용해 공력을 폭발적으로 끌어올렸다. 그리고 그때까지 받아들였던 무경의 공력을 함께 발출했다.

퍼펑!

앞으로 쏠려 있던 무경의 몸이 벼락처럼 뒤로 날아갔다.

쿠당탕탕!

무경은 대팔보다도 더 처참한 꼴로 바닥을 굴렀다. 그래도 소림의 본산 제자답게 서너 바퀴를 구르다가 벌떡 일어서긴 했지만 누가 봐도 무경의 표정은 참담했다.

무경은 속가 제자 아이들을 가르치던 사범이다. 게다가 속가 제자와는 실력 차이가 꽤 있는 본산의 제자다.

그런 그가 자신이 가르치고 있던 아이들의 앞에서 갓 새로 들어온 아이를 당해내지 못하고 바닥을 굴렀다.

그것도 오늘 가르쳤던 유원반배의 수법에.

아이들의 표정은 가히 절규에 가까웠다.

"저, 저 애가 무경 사형을 이겼어."

"그것도 유원반배로."

아이들의 말소리를 듣는 무경의 마음은 무저갱의 밑바닥까지 가라앉는 듯했다.

'완전히 졌다.'

잘 모르는 사람이 보았다면 막판에 장건이 운 좋게 유원반배를 성공시킨 것 같았지만 무경은 확실히 알고 있었다. 쉽게 수긍하기는 어려웠지만 처음부터 실력 차이가 있었다.

상대를 해하지 않는 특이한 용조수.

비록 꼼수를 써서 용조수를 당하는 중간에 반격에 성공하기는 했으나, 무경은 실질적으로 세 번의 용조수를 단 한 번도 막아내지 못했다.

그것만으로도 무경은 승부를 인정해야 했다.

첫 용조수에 양팔이 묶이면서 이미 물러섰어야 할 싸움이었다. 그때 물러나지 않은 것이 더 큰 참패를 가져왔다.

어린아이에게 졌다는 것이 씁쓸하면서도 홍오의 안목이 정확했다는 사실에 감탄할 수밖에 없다.

"넌……."

무경이 입을 떼자 장건이 무경을 쳐다보았다.

장건은 용조수와 유원반배를 섞은 공격을 성공한 이후에도 마음이 좋지 않았다. 무경의 표정이 너무 어두워서 안타까웠던 것이다.

그러나 그렇다고 무경의 마지막 대홍권을 일부러 맞아줄 수도 없었다. 그러기에는 무경의 권이 너무 무서웠다.

무경이 잠시 말을 쉬었다가 한숨을 쉬듯 내뱉었다.

"넌 다음부터 내 수업을 들을 필요가 없다."

무경은 그 말을 내뱉고는 뒤돌아서 가 버렸다.

무경의 뒷모습이 사라지고 나자 아이들이 환호성을 지르며 장건을 둘러쌌다.

"이야아!"

"너 정말 대단하다!"

"어떻게 본산 제자를 이길 수가 있어?"

그러나 장건은 아이들의 말소리가 하나도 들리지 않았다. 장건의 안타까운 시선은 이미 사라진 무경의 뒷모습을 뒤쫓고 있을 따름이었다.
 '난 정말……, 열심히 해보고 싶었을 뿐인데…….'
 무공보다도 더 어려운 것.
 그것은 바로 사람을 대하는 방법이었다.

 원우는 연무대와 멀찌감치 떨어진 곳에서 이 모든 일들을 보고 있었다.
 뭐라고 해야 할까.
 이 답답하고도 두려운 느낌을.
 "아미타불……."
 자기도 모르게 내뱉은 불호소리에 전혀 의외의 사람이 대꾸를 한다.
 "급할 때만 부처님을 찾으면 쓰나. 쯧쯧."
 늙수그레하고 털털한 말소리.
 홍오다.
 소리도 없이 다가온 홍오가 원우의 뒤에 서 있었다. 원우도 이미 아까부터 홍오가 온 것을 알고 있었으나 왠지 고개를 돌리고 싶지 않았다.
 어쩐 일로 본산에 내려왔냐고 물을 필요도 없었다. 바로 저 장건이란 아이 때문에 뻔질나게 본산을 드나드는 건 알고 있었으니까.
 홍오가 '흘흘' 하고 웃으며 말했다.

"하여튼 엉뚱한 녀석이야. 안 그런가?"

원우가 조용히 되물었다.

"저 아이가 방금 한 것이 유원반배라고 생각하십니까?"

"그럼 저게 유원반배지, 유원두배라도 되는 것 같나? 설마 하니 또 다른 문파의 무공이 아닌가 의심하는 건 아니겠지?"

원우는 그 말에 대답을 하지 않았다.

홍오가 혀를 찼다.

"에잉. 하여튼 고지식한 중들의 머릿속에는 뭐가 들었는지 뻔히 보이니, 원."

"제가 보기엔 용조수처럼 보였습니다만, 어떻게 끝에 유원반배의 묘리가 살아났는지 알 수가 없군요."

"간단하지. 용조수와 유원반배를 합친 게야."

"그게 가능합니까?"

같은 경락을 사용하는 무공이라면 원우도 연속적으로 펼쳐 낼 줄 안다. 괜히 속가 제자들의 무공 교두를 하고 있는 것이 아니다.

그러나 곧 원우는 실소를 머금었다.

같은 경락 정도가 아니라 홍오는 다른 유파의 무공을 자유롭게 사용한다. 그에게 이런 질문을 하는 자체가 우스웠다.

하지만 홍오는 뜻밖에도 고개를 저었다.

"나도 용조수와 유원반배를 한꺼번에는 못 쓰지. 저건 초식이 끝나면서 쓴 것도 아니고 초식 도중에 계속 행공 경락을 바

꾼 게야. 저런 건 말 그대로 그냥 합쳤다고 봐야지."
"그래도 저건 용조수도 아니고 유원반배도 아닙니다."
"그거야 저건 저 녀석만이 할 수 있는 용조수이고, 저 녀석만이 할 수 있는 유원반배니까 그런 게지. 대맥……을 쓴 건가? 어디서 경락을 옮겼는지 원 알 수가 없네."
"용조수야 그렇다 쳐도 유원반배는 완전히 형이 다릅니다. 저런 형을 어떻게 유원반배라 부를 수 있습니까?"
홍오가 갑자기 물었다.
"유원반배가 어디에서 유래되었는지는 아나?"
"공야 선사께서 창시하셨다 들었습니다만."
"내 사부께 들은 얘기를 해주지. 공야 선사가 당시 강호를 주유하다가 철없는 무인 한 명을 만났을 때 얘기야."
원우는 별로 궁금하지 않았으나 들을 수밖에 없었다.
"그런데 그 무인이 어찌나 철이 없던지 상대가 되질 않으면서도 계속해서 죽을 각오로 덤비는 게야. 공야 선사는 불덕이 높은 고승이었으나 슬슬 화도 나고 지치기도 했지. 원래 상대를 죽이지 않고 물려내는 것이 더 힘든 법이 아닌가. 더구나 상대도 전혀 실력이 없는 무인은 아니었어. 젊은데다가 기연을 얻어 내공이 크게 쌓였거든."
"그랬군요."
"아무리 밀어내고 쫓아내도 상대는 전혀 지치지 않았네. 그런데 공야 선사는 자꾸만 지쳐갔지. 그래서 참다못한 공야 선사도 살계를 펼치려 했네. 부보절장으로 상대를 한 방에 때려 죽이고 가던 길을 갈 셈이었던 거야. 한데 한 발을 내딛는 순간 더 좋은 방법이 있다는 걸 깨달았지."

"허! 그래서요?"

"공야 선사께서는 큰 깨달음을 얻은 순간 다시 걸음을 물리시고 합장을 했네."

"상대는 그렇다고 물러서지도 않았을 텐데요."

"그렇지. 한데 공야 선사께서는 철없는 무인의 공력을 그대로 받은 거야. 피하거나 물린 것이 아니라 그냥 자신의 양손으로 그대로 받았어. 그리고 그것을 그대로 돌려주었지."

원우가 다소 황망한 얼굴을 했다.

홍오의 얘기는 계속되었다.

"그렇게 계속하다보니 오히려 상대방은 지쳐가는데 공야 선사는 지치질 않게 된 거야. 결국 철없는 무인은 크게 감복하여 공야 선사께 사죄하고 물러났다네."

"허어."

"그래서 유독 유원반배를 할 때에는 부보절장을 하기에 앞서 공야 선사의 유지를 받든다는 의미로 쓸데없이 마보단편을 하게 된 게야. 정작 유원반배에는 마보단편이 필요하지 않아."

"그래서 유원반배에 형이 필요 없단 말씀이십니까?"

"유원반배는 상대를 다치지 않게 물러서도록 하는 수법일세. 정석적인 내공 운용법이 여러 가지 사용되는 수법이라 속가 제자들의 기본 교육에까지 사용될 정도의 중요한 무공이야. 하지만 원래는 훨씬 더 고강한 수법이지. 사량발천근(四兩撥千斤)의 묘리를 이용한 무당의 태극추수(太極推手)만 해도 무당에서 족히 20년은 굴러먹어야 제대로 할 수 있지."

그것은 원우도 알고 있는 사실이다.

유원반배를 가르치긴 하나 속가 제자 중에는 유원반배를 완벽히 익히는 이가 없다. 다만 유원반배를 수련하며 내공의 운용법을 익히도록 하기 위한 수단일 뿐이다.

"유원반배 같은 고강한 수법에는 형이 중요하지 않네. 끌끌. 나중에 저기 아이들을 가르치던 무자배 제자를 한 번 잘 보라고. 어디 다친 데 하나 없을 테니까. 그게 바로 유원반배가 가진 본래의 의미잖은가. 그걸 유원반배가 아니라고 하면 안 되지."

"하나 저 나이 때에는 형을 따라야만 올바로 진기가 흐르지 않습니까."

"그야 저 나이 대의 다른 애들에게나 할 만한 말이지."

원우는 홍오의 말에 토를 달 수가 없었다. 장건이 특별하다는 건 원우도 알고 있었으니.

"그나저나 우리 건이가 벌써 내공을 다루는 게 익숙해졌나 보구만. 흡결(吸訣)과 추결(推訣)까지 익혔으니. 미리 말해 두는 데 저건 내가 가르친 게 아냐."

"으음."
원우가 침중한 표정으로 신음소리를 냈다.
홍오가 재미있다는 듯 묻는다.
"그런 얼굴 하지 말고. 자, 이제는 어쩔 셈인가?"
"제가 이런 얼굴을 하지 않게 생겼습니까?"
"이제 좀 저 아이의 진가를 알았냐고 묻는 게야."
"알았지요. 아주 잘."
"어때? 슬슬 마음이 동하지? 저런 녀석 하나 제자로 삼으면 세상에 부러울 게 없겠지?"
원우는 그 말에는 대답을 하지 않고 고개를 연무대 쪽으로 돌렸다.
"진가는 잘 알았습니다. 하지만 보는 눈이 많았으니 저뿐만이 아니라 다른 이들도 장건의 진가를 알게 되겠지요."
흰 눈썹이 치켜 올라가면서 덮여 있던 홍오의 눈이 날카로운 빛을 내며 드러났다.
"다른 문파의 무공을 한 것도 아닌데 왜 미리부터 기우(杞憂)들이야? 다른 문파의 무공만 안 하면 된다메!"
"사숙조께서는 모르십니다. 지금 소림이 어떤 지경에 처해 있는지를."
"아, 내가 왜 몰라! 지금 열 명의 노괴물 때문에 다들 전전긍긍하는 거 아냐!"
"그 때문만이 아닙니다!"

원우가 이를 빠득 씹으며 말했다.

"몇 해 전까지 소림이 어려웠던 때에 강호 전역에 퍼져 있던 많은 소림의 지부들을 정리했습니다. 지금은 십 년 전에 비해 불과 반도 안 될 정도로 축소되었단 말입니다."

지부라고는 해도 소림사는 상단이나 직접적인 무림단체가 아니기 때문에 대부분은 속가 제자들에게 장원을 맡겨 지부로 이용하고 있다. 지역마다 그 장원을 중심으로 본산에 급한 연락을 한다던가 정보를 수집한다던가 하는 역할을 한다.

그러나 자금난이 계속되면서 지부를 유지하기조차 힘들어져 장원을 팔아야 했다. 소림사로써는 뼈아픈 일이었다.

"그럼 지금은 좀 살 만하니 다시 세워. 세우면 되잖아."

"그게 말처럼 쉽지 않으니까 드리는 말씀이 아닙니까."

원우는 가슴을 치고 싶었다. 답답해서 죽을 지경이다.

"지금 강호에서는 소림이 개입되었다 하면 대하는 태도부터 달라진다 합니다. 누구도 장원을 팔지 않습니다. 심지어 원래의 장원을 두 배 가격을 쳐서 돌려 달라 부탁해도 거절당하는 실정입니다. 저희가 소유하고 있던 장원들이 죄다 다른 문파로 넘어갔습니다. 그만큼 소림이 우습게보이고 있단 말입니다."

우습게보이는 정도가 아니다. 다른 문파들의 견제가 그만큼 심하다는 증거이기도 하다.

"겨우겨우 몇 개 장원을 늘리긴 했으나 그마저도 우내십존이 움직인다는 소문이 돌면서부터는 거래가 뚝 끊겼습니다."

원우의 말에 홍오의 표정도 굳어갔다.

홍오도 사태의 심각성을 인식한 것이다. 그러나 여전히 원우하고는 생각이 다르다.

"그래서 우리에겐 건이 같은 아이가 필요한 게야. 천하를 주름잡을 고수 하나만 내놓아도 달라지지. 지금 당장은 노괴물들을 견제할 수단이 없으니 이러는 게 아닌가."

"견제할 수단이 없으니 몸이라도 숙여 때를 기다려야지요. 가뜩이나 좋지 않은 상황에 우내십존까지 끌어들여서 뭘 어쩌겠다는 말씀입니까."

원우는 비통한 어조로 말했다.

하나 홍오는 비릿한 미소를 머금었다.

"그래서. 그래서 건이를 아예 버리려고 했어?"

이제까지와는 달리 싸늘한 말투였다.

원우는 섬뜩해졌다.

'서, 설마……, 내가 건이란 아이에게 손을 쓰려 했다는 걸 아셨는가?'

속가 제전에서 원우는 처벌을 각오하고 장건의 무공을 폐하려 했었다. 하나 장건이 자해하는 바람에 그의 계획은 수포로 돌아갔었다.

'이제껏 누구도 그 얘기를 꺼내지 않았기에 아무도 모른다 생각했거늘!'

원우의 경직된 표정을 보며 홍오는 조소를 머금은 채 무시무시한 기세를 일으켰다.

스스스.

스산한 바람이 몰아쳤다.

"운이 좋은 줄 알아야지. 그때 우리 착한 건이가 스스로를 해하지 않았다면 자넨 그 자리에서 부처님을 뵈었을 게야. 물론 극락정토는 밟지도 못했겠지."

홍오의 기세가 원우의 전신을 따갑게 두들겨댔다. 원우는 뜨거운 불 속에, 혹은 지극히 차가운 얼음 속에 갇힌 듯한 고통을 느꼈다.

원우는 공력을 일으키지도 못하고 찡그린 얼굴로 홍오를 쳐다보았다.

"그, 그걸 왜 이제야······."

겨우 띄엄띄엄 꺼낸 말에 홍오는 기세를 거두며 코웃음을 쳤다. 원우는 숨을 고르며 마른침을 삼켰다.

홍오가 말했다.

"나도 방장의 의도가 궁금하니까."

"그게 무슨······."

"가만히 보니까 방장 사질의 눈빛이 심상치가 않더란 말이야. 아무래도 성취가 더 깊어진 것 같은데, 그런 방장 사질이 나도 알아본 자네 행동을 몰라볼 것 같나?"

방장 굉운도 알고 있을 거라는 말에 원우는 멍해진 기분이었다.

"한데 알고 있으면서도 아무 말 않고 원자배의 편만 들고 있다가 이제사 우리 건이를 다시 본산에 데리고 온 이유를 좀체 모르겠더란 말이지."

홍오는 수염을 매만졌다.

"소림을 꾸려간다는 게 쉬운 일이 아니라는 건 알고 있지만 명색이 승려가 점점 더 능구렁이가 되어가니, 에잉."

원우는 홍오의 말 한마디 한마디에 벽을 느꼈다.

마치 발가벗겨진 채 내던져진 것 같다.

"아무튼 자네도 내가 한 번 봐준 게 있으니 뭔가 알게 되면 말해 주게. 알았지?"

물론 원우는 그럴 생각이 조금도 없었지만 자기도 모르게 고개를 끄덕이고 말았다.

"그럼 난 다시 올라가 봐야겠구만. 얼른 그놈을 잡아서 족쳐야 되는데 괜히 제갈가는 돌려보내가지고, 에잉……."

홍오는 소중한 텃밭을 요상하게 만든 범인 찾기를 아직도 포기하지 않았다. 하지만 원우는 '족쳐야 한다'는 것이 꼭 자신과 원자배를 지칭하는 것 같아 소름이 끼쳤다.

홍오가 휑하니 사라진 후에도 원우는 한참이나 생각에 잠겨 있었다.

'과연 우리가 우리의 힘으로 소림을 다시 우뚝 세울 수 있을 것인가.'

어쩐지 금방이라도 손에 잡을 수 있을 것 같던 그 일이 갑자기 너무나 요원해진 것 같아 마음이 시려왔다.
 그러나 당장은 장건의 처우를 결정하는 일이 더 급했다. 며칠 되지도 않아 대형 사고를 쳐 버린 장건이다.
 속가 제자라고 해서 본산 제자를 이기지 말란 법 없고, 그런 전례가 전혀 없었던 것도 아니다.
 다만 뛰어난 재능은 있는 것 같은데 하나를 가르치면 둘을 아는 보편적인 무재가 아니라 어딘가 모르게 생각지도 못한 기괴한 행동을 하는 무재다. 다른 문파보다 유독 고지식하고 경직된 구조의 소림에서이니 그 여파가 더 크게만 느껴진다.
 그러니 무경도 패배를 인정하지 못하고 질질 끌다가 더 참담한 꼴을 당하지 않았던가.
 '우내십존만 움직이지 않았어도……'
 도대체 홍오와 우내십존 간에 무슨 일이 있었기에, 그리고 또 장건은 무슨 연관이 있기에 그들이 소림을 주시하는가.
 원우는 머리가 아파왔다.

 그날.
 숭산 어귀에서 십여 마리의 전서구가 날았다.

제7장

안법, 새로운 세상을 보다

깊어가는 밤.
장건이 머물고 있는 숙소는 때 아닌 아이들로 바글거렸다.
"아, 너네 좀 가! 왜 잠도 안 자고 남의 숙소에 와 있냐!"
소왕무가 소리를 버럭버럭 질러댔으나 아이들은 좀처럼 떠날 생각을 하지 않았다. 같은 숙소뿐 아니라 다른 숙소의 아이들이 죄다 몰려온 덕에 스무 명 정도만 있어도 좁다 여겨질 만한 방이 꽉 들어찼다.
"무경 사형을 날려 보낸 게 정말 유원반배가 맞아?"
"왜 우리가 배운 유원반배랑 달라?"
"그거 어떻게 한 거야?"

아이들은 장건을 둘러싸고는 중구난방으로 질문을 해댔다. 덕분에 장건은 정신이 하나도 없을 지경이었다.

소왕무는 소리만 지르다가 아이들에게 밀릴까봐 비좁은 틈을 파고들어 장건의 곁으로 가까이 갔다. 장건은 아이들의 뜨거운 반응에 놀라면서도 하나씩 대답해 주었다.

"용조수에 유원반배를 한번 섞어 봤어."

아주 잠깐 조용해졌던 아이들이 다시 시끄럽게 되물었다.

"홍오 태사백조께 배운 거야?"

"그런 게 정말 가능해?"

아이들은 자신들도 장건처럼 강해지고 싶다며 초롱초롱한 눈빛을 빛냈다. 장건이 고개를 끄덕였다. 장건이 입을 열기 시작하자 그 시끄럽던 아이들이 한순간 조용해진다.

"무경 사형이 가르쳐 준 경락을 따라 운기하다가 대맥에서 용조수의 경락으로 이동시키면 돼. 반대로 해도 되고."

아이들의 표정이 싹 변했다.

반수는 믿지 못하겠다는 불신의 표정을 지었고, 반수는 그럴 줄 알았다며 체념하는 듯한 표정을 지었다.

누군가 소리쳤다.

"어떻게 갑자기 대맥으로 내공을 운기하냐? 그건 말도 안 되잖아."

몇 명이 그 말에 맞다고 맞장구를 쳤다.

대맥은 허리를 우측으로 한 바퀴 도는 혈로 등 뒤의 명문(命

門)부터 단전에까지 이어지는 요맥이다.

대맥은 상체와 하체의 경락을 잇는 중간지점. 분명히 장건의 말처럼 할 수 있다면 지름길을 이용하는 것과 비슷한 효과가 있을 터였다.

하지만 그건 어디까지나 이론적으로나 가능한 말이다. 서로 다른 경락에 내공을 옮기는 것은 말처럼 쉽게 되는 일이 아니다.

이는 마치 전력으로 질주하는 말의 고삐를 갑자기 틀어 길을 바꾸는 것과 같아서, 자칫하다가는 말의 발목이 부러지거나 그대로 길을 벗어나 나동그라질 수도 있는 것이다.

더구나 대맥은 단전과 직접적으로 이어진 맥이라 지극히 위험하기까지 하다. 서로 다른 경락을 다 이용한다 했던 홍오조차 생각도 하지 못한 방법인 것은 이런 이유가 있었다.

달리 말하면 이것은 심생종기를 따르는 장건만 가능한 방법이기도 하다.

그러니 아직 유원반배의 내공 운용도 제대로 못하는 아이들에게 장건의 말은 머나먼 딴 나라의 얘기처럼만 느껴질 뿐이다.

"에이, 난 또 나도 할 수 있는 줄 알고 괜히 좋아했네."

"맞아. 우리에겐 불가능한 일이야."

"홍오 태사백조께 배운 너나 되는 거지."

장건이 머쓱한 얼굴로 머리를 긁적였다. 자신에게는 그냥 자연스럽게 되는 일이라 달리 설명할 방법이 없었다.

아이들은 실망하며 자신들의 숙소로 돌아갔다.

그런데 돌아가지 않은 아이도 있었다. 뭔가 죄를 지은 것처럼 고개도 들지 못하고 있던 대팔이었다.

"저기……."

대팔이 입을 열자 소왕무가 버럭 성질을 내며 소리를 질렀다.

"넌 또 왜 남았어? 빨리 안 꺼져?"

"그게 아니라……."

대팔이 장건의 눈치를 보며 말했다.

"저……, 아까는 내가 미안했다."

소왕무가 콧방귀를 뀌었다.

"웃기시네. 실실 쪼갤 때는 언제고?"

대팔이 소왕무를 째려보았다.

"너한테 말하는 거 아니다."

대팔이 다시 고개를 돌려 장건을 향했다.

장건은 뜻밖의 일이었던지라 묘한 기분이 들었다.

'내가 무공을 못했더라면 대팔은 나에게 사과를 했을까?'

힘이 우선이라는 강호의 법칙이 낯설기만 한 장건이다. 하지만 장건은 그렇게 힘으로 모든 것을 해결하고 싶지는 않았다.

계기는 힘의 법칙이 되었을지라도 지금의 소왕무처럼 편하게 마음을 나눌 수 있는 친구가 더 필요했다.

장건은 곧 밝게 미소를 지었다.

"괜찮아. 오히려 내가 미안한걸. 나도 화가 나서 심했던 것 같아."

"그, 그래? 그럼 내 사과를 받아주는 거지?"

"응. 너도 내 사과를 받아주면."

"당연하지!"

대팔은 갑자기 기운을 되찾았다. 소왕무는 어이가 없다는 표정으로 대팔을 쳐다보았다.

대팔은 큰 짐을 던 셈이었다. 혹시나 장건이 내내 자기를 괴롭히면 어쩌나 했는데 생각 외로 일이 잘 풀렸다.

"앞으로 뭐 힘들거나 한 거 있으면 다 나한테 말해. 소왕무 저새끼는 목소리만 크지, 별 도움도 안 돼."

"뭐? 이게 죽고 싶어서!"

"내 말이 틀렸냐? 니가 돼지 멱따는 소리 말고 잘하는 게 뭐 있어?"

무공에 있어서는 장건이 훨씬 앞선다지만 그래도 장건은 대팔의 말투가 익숙하지 않아 살짝 무서웠다.

"하하······."

대팔은 장건 때문에 화도 못 내는 소왕무를 싹 무시하며 품에서 뭔가를 꺼냈다. 그리고는 살짝 주저하다가 장건에게 그것을 주었다.

"자. 이거 내가 아끼는 건데 너 줄게."

몇 번이나 꼬깃꼬깃 접은 그것은 다름 아닌 한 장의 춘화도(春畵圖)였다.

장건의 눈이 휘둥그레졌다.

그림 속에는 벌거벗은 남녀가 풀숲에서 서로 정사를 나누는 모습이 가감 없이 적나라하게 그려져 있었다.

생전 처음 본 춘화도였다. 머리가 충격을 받은 것처럼 아찔했다. 가슴이 콩닥거리고 마구 뛰었다. 대팔을 길가의 개 쳐다보듯 하던 소왕무도 춘화도를 보고는 득달같이 달려들었다. 소왕무뿐 아니라 숙소의 다른 아이들도 우르르 몰려들었다.

대팔이 춘화도를 접어 옆으로 치웠다.

"어허, 찢어져. 내가 이거 얼마나 힘들게 구한 줄 알아?"

"야, 그러지 말고 같이 좀 보자. 응?"

"아깐 나더러 꺼지라며? 알았어. 꺼져줄게."

"소심한 자식. 그게 아니라니까."

"이건 너 보여줄 게 아니고 건이에게 주는 거니까 신경 좀 꺼."

소왕무와 아이들이 갈구하는 표정으로 장건을 보았으나 막상 장건은 너무 가슴이 뛰어서 앞도 제대로 볼 수가 없었다. 괜히 입 안이 바싹 말라왔다.

갑자기 사타구니가 팽팽해졌다. 피가 쏠려서 끊어질 듯 아팠다. 사춘기 때에는 원래 민감할 수밖에 없는데 가뜩이나 삼지구엽초까지 대량으로 섭취한 탓에 장건은 양기가 펄펄 끓어넘쳤다.

소왕무와 대팔은 장건에게서 후끈한 열기를 느끼고는 깜짝 놀랐다. 마치 난로 옆에 있는 듯했다.

"나 건신동공하러 가야겠어."

장건은 춘화도를 팽개치듯 하고 숙소 밖으로 뛰어 나갔다. 대팔이 얼른 춘화도를 챙겨 바지춤에 넣고 물었다.
"건신동공이 뭐야?"
"몰라. 무슨 무공 연습하러 가는 거 아냐?"
소왕무와 대팔은 눈치를 보더니 잽싸게 장건을 따라 나갔다. 몇몇 눈치 빠른 아이들이 그 뒤를 따랐다.

"헉헉······."
"주, 죽겠다."
"이, 이게 무슨 수련이야."
대부분의 아이들은 벌써 떨어져 나갔고, 최후까지 자존심으로 버티던 소왕무와 대팔도 얼마 지나지 않아 바닥에 주저앉았다.
이 다경도 채 버티지 못한 것이다.
그러나 장건은 유유히 건신동공을 펼치고 있었다. 움직이는 듯, 움직이지 않는 듯 고요하게 팔을 뻗고 걸음을 옮긴다.
아이들이 보기에는 거의 움직이지 않는 것 같다. 마보를 일 다경 하는 것도 힘겨운데 마보 상태에서 지극히 느리게 행공하는 것은 더 힘든 일이었다.
"대단하다."
아이들이 할 말은 그것밖에는 없었다.
장건은 그 말도 듣지 못하고 무아지경에 빠져 건신동공을 하고 있었다. 겉으로는 움직이지 않아 한가해 보이지만 몸 안의 기는 활발하고 힘차게 움직여서 오히려 바쁠 지경이다.
 어떤 때라도 건신동공을 하면 마음이 편해졌다. 더 이상 열기가 치솟지 않고 심장도 차분하게 뛴다.
 이제는 굳이 건신동공을 할 필요도 없이 소주천을 할 수도 있었지만 굉목과 함께해 온 생활이 있어서일까? 그래도 장건에게는 건신동공이 제일이었다.

*　　　*　　　*

 무경과의 사건 이후 장건은 큰 제재를 받거나 하지는 않았다. 오히려 조용하게 묻고 지나가는 듯했다.
 그러나 장건은 실제 수업에는 참가하지 못하고 열외가 되었다. 그것이 장건에게는 더 큰 처벌이었다.
 폐관 수련에 들어간 무경 대신에 임시로 온 무진은 오자마자 장건을 열외시켰다.
 "비록 내 뜻은 아니나 교두이신 원우 사숙의 명이니, 넌 어떠한 불만도 가지지 말고 한동안 자숙하도록 하거라."
 "예."
 장건은 아이들과 조금 떨어진 곳에서 참관하는 형태로 구경만 해야 했다.
 당연히 질문도 할 수 없었다. 장건은 수업에서 거의 동떨어진 존재였다. 원우가 직접 가르치는 전체 수업을 제외하고는 참가할 수가 없었다.

일견 가혹한 일임에도 장건은 묵묵히 받아들이기로 했다. 자신의 행동이 다른 아이들에게 피해가 간다는 걸 인식한 까닭이었다.

그래도 아쉬운 것은 질문을 할 수가 없다는 점이었다. 궁금한 것이 너무 많은데 그 답을 풀 수가 없었다.

'당분간이라고 했으니 어쩔 수 없지, 뭐.'

장건은 연무장 한쪽 구석에 앉아 아이들에게 하는 무진의 얘기를 들었다.

무진은 얼마 전 강호행에서 돌아온 무자배의 기재로 배분이 가장 높은 대사형이었다.

"너희들이 강호에 나가게 되면 많은 위기와 고난을 겪을 거다. 솔직히 말하자면 소림의 이름을 빌어 위기를 벗어나겠다는 생각은 최악의 경우에만 해야 한다. 믿을 수 있는 건 오직 그간 자신이 흘린 땀과 노력뿐이야."

아이들이 환호를 하며 요청했다.

"강호에서 악당들을 잡은 얘기해 주세요!"

무진은 강호행에서 많은 악인들을 쓰러뜨려 소림의 후기지수로서 부끄럽지 않은 명성을 얻었다. 덕분에 숭산잠룡(崇山潛龍)이라는 별호도 생겨났다.

"강호에 나가면 정말로 악적(惡賊)과 마두(魔頭)들이 그렇게 많은가요?"

"악적들은 길거리에서 사람을 마구 죽이고 다닌다던데요."

무진은 빙그레 미소를 지었다. 유난히 험난한 강호행을 겪은 후 무진의 성취는 한층 높아졌다. 처음부터 무자배 가운데에서는 가장 촉망받는 기재였으나 이제는 더 이상 무자배에서 그를 따를 자가 없었다.

"이 녀석들아. 너희들은 소림으로 오기 전에 길거리에서 살인이 벌어지는 걸 본 적이 있어? 엄연히 지엄한 국법이 있는데 그런 일을 해서는 안 되지."

아이들은 눈을 떼구르르 굴렸다. 그러고 보니 소림에 오기 전 그런 모습을 본 적이 별로 없다.

한 아이가 되물었다.

"법을 안 지키니까 악적이잖아요."

"하하하. 그래, 그건 네 말이 맞다."

재치 있는 말에 무진은 호탕하게 웃었다.

"하지만 대낮에 길거리에서 그런 일은 자주 일어나는 것이 아니란다. 그랬다가는 당장 관아에서 포쾌들이 달려와 악적을 체포해 가지."

"그럼 굳이 무공을 배울 필요도 없는 건가요?"

장건의 귀가 솔깃해졌다. 그것은 언젠가 자신이 가지고 있던 의문이었다.

무진이 고개를 저었다.

"강호에서는 보이는 것보다 보이지 않는 것이 더 두려운 법이란다. 보이는 것보다 보이지 않는 것을 더욱 두려워해야 하지. 무공을 배우지 않고서야 어찌 보이지 않는 것을 보겠느냐."

아이들은 알쏭달쏭한 얼굴을 했다.

"인적이 드문 곳이 더 위험하다는 뜻인가요?"

무진이 설명했다.

"그도 그렇지만, 내 뜻과는 좀 다르구나. 나는 눈에 보이는 무공이 아니라, 음식에 독을 탄다거나 사기를 친다거나 하는 보이지 않는 것을 말하는 거란다."

"아하."

장건도 조그맣게 '아하' 하고 아이들과 같은 탄성을 냈다. 눈에 보이는 싸움이야 피하면 된다 하더라도 보이지 않는 나쁜 일은 피할 수도 없는 노릇이었다.

무진이 웃으면서 말했다.

"너희들은 운칠기삼(運七技三)이라는 말을 아느냐?"

"예!"

"강호에서는 칠할의 운도 중요하지만 그 운을 자신의 것으로 만들기 위한 삼할의 재주도 중요한 법이다."

"그런 재주가 있나요?"

"오늘 내가 가르쳐 줄 것이 바로 그 재주다. 원래 유원반배를 계속해야 하나 어차피 내가 너희들을 가르치는 것은 임시일 뿐이니, 차라리 내가 생각한 바를 가르칠까 한다."

무진은 말도 재미있게 하고 사람을 끌어들이는 재주가 있었다. 무엇보다 방금 강호행을 마치고 온 따끈따끈한 경험담이 섞인 이야기가 아이들의 호기심을 자극했다.
"그게 무슨 재주인데요?"
"바로 안법(眼法)이다."
아이들은 조금은 실망한 듯했다. 이미 기본 수련 기간에 안법에 대해 배운 적이 있었다.
안법이라면 무인으로서는 아주 기초적으로 해야 할 수련 중 하나다. 기감을 느끼는 것도 중요하지만 눈으로 쫓는 것 역시 중요한 것이다.
그러나 안법을 배운 적이 없는 장건에게는 절로 마음이 동하는 얘기가 아닐 수 없었다. 저 속에서 아이들과 함께 무진에게 안법에 대해 배우고 싶은 마음이 들었다.
대팔이 무진에게 말했다.
"저희는 전에 안법을 배운 적이 있는데요?"
무진이 웃으면서 대팔을 앞으로 나오게 했다. 무자배의 대사형이 시키는 일을 대팔이 마다할 수 있을 리 없었다.
"그래? 그렇다면 얼만큼이나 배웠나 한번 확인해 보자꾸나."
그 순간 무진이 왼손으로 주먹을 쥐어 힘껏 뻗었다.
부—웅!
대팔의 머리카락이 뒤로 다 뻗칠 지경으로 바람이 일었다.
대팔은 피하지도 못했다. 갑작스럽기도 했거니와 너무 빨라서 순간 굳어 버린 것이다.

때릴 생각까지는 없었는지 무진의 주먹이 대팔의 코앞에서 멈추었다.

대팔은 다리가 후들거렸다. 직접 마주한 소림 후기지수의 권은 정말로 대단했다. 새삼 이런 본산 제자와 겨룬 장건이 대단하다는 생각이 든다.

무진은 주먹을 거두며 싱글벙글거렸다.

"자. 넌 안법을 배웠다 했는데 내게서 무얼 보았느냐?"

대팔이 더듬거리며 말했다.

"대, 대사형의 주먹을 보았는데요."

그러나 이어 아이들의 탄성이 이어졌다.

"우와앗!"

"대단하다!"

"저 녀석 엉덩이 좀 봐! 우하핫!"

아이들의 말에 대팔은 아랫도리가 허전한 것을 느꼈다. 아래를 내려다보니 어느 틈에 바지가 무릎까지 훌렁 내려가 있었.

그리고 무진의 오른손에는 대팔의 바지춤 안쪽에서 꺼낸 춘화도가 들려 있었다. 무진은 접힌 춘화도를 펼쳐 보더니 '어이쿠!' 하고 소리를 냈다.

"이거 참, 뜻밖의 수확이로구나."

"아앗!"

대팔은 허둥대며 바지를 추어 올렸다.

"아, 아니 그러니까 그게요!"

안법, 새로운 세상을 보다 225

무진이 웃으면서 춘화도를 다시 건네주었다.
"불문에 귀의한 나 같은 불제자에게 이런 것이 무슨 필요가 있겠느냐. 옛다. 다시 받거라."
대팔은 춘화도를 돌려받아야 하나 말아야 하나 고민했다. 무진은 억지로 대팔의 품 안에 춘화도를 넣어 주었다.
그러더니 고민하는 얼굴을 했다.
"아니다. 내게 필요치 않다 해도 수행 중인 네가 색(色)에 빠지게 내버려둘 수는 없겠구나. 그렇다고 준 걸 다시 빼앗을 수도 없고, 흐음."
다른 아이들은 흥미진진하게 보고 있는데 반해 대팔은 식은 땀을 흘렸다.
"그래. 그럼 이렇게 하자. 내가 똑같이 다시 빼앗을 테니 넌 그것을 막아 보아라. 내가 빼앗지 못하면 그냥 네게 그걸 주마."
무진이 다시 주먹을 뻗었다. 대팔은 무진이 그 주먹으로 자신을 때리지 않을 거라 생각하고 다른 손으로 품을 감싸 안았다. 그러면 춘화도를 빼앗기지 않을 수 있다고 생각한 것이다.
그러나 무진은 대팔의 얼굴까지 주먹을 뻗었다가 중지를 뻗어 대팔의 이마를 때렸다.
딱!
"아얏!"
대팔이 머리를 감싸 쥐었다.
그 틈에 무진은 대팔의 품에서 여유롭게 춘화도를 꺼내갔다.

"너도 이 요사한 물건이 굳이 필요하지는 않은 모양이로구나. 하하하!"

아이들도 한바탕 웃고 난리가 났다.

대팔은 눈물을 글썽거리며 자리로 돌아갔다. 이마에는 어느새 커다란 혹이 나 있었다.

무진은 아이들을 보며 말했다.

"안법이라 하는 것은 단순히 보는 것에 그쳐서는 안 되는 법이다. 견(見)으로 관(觀)을 해야 한다. 주먹이 날아오는지 볼 수 있는 것은 견이나, 상대가 그 주먹에 정말 때릴 마음을 품고 있는지 알아보는 것은 관이니라."

무진의 알기 쉬운 설명에 아이들이 고개를 끄덕거렸다.

"소림에는 여덟 가지의 안법이 있다. 명법(明法), 암법, 허법, 실법, 폭법, 명법(冥法), 파법, 미법. 그 중에서 너희가 지난 5년 동안 배운 것은 내공을 이용하지 않는 실법(實法)이다."

장건도 다른 아이들처럼 무진의 말을 몇 번이나 되새김했다. 각각의 의미는 알 수 없었지만 일단 외워두었다.

"하나 이제부터는 내공을 이용하여 안법을 익혀야 한다. 내공을 이용하여 안법을 익히게 되면 어둠 속에서 사물을 볼 수 있는 것은 물론이고 아주 멀리에 있는 것도 똑똑히 볼 수가 있게 된다."

무진이 내공을 이용한 안법의 기초를 설명했다.

"너희도 고수가 된다면 직접 눈에 내공을 보낼 수 있겠지만, 당장 그렇게 하기에는 너희들의 눈은 준비가 되어 있질 않아. 그래서 처음엔 간(肝)을 단련해야 한다."

"간이요?"

"이런? 기경팔맥을 배우면서 졸은 모양이구나. 목자간지관(目者肝之官)이라, 사람의 눈은 간과 밀접한 관계가 있다. 해서 간이 나쁘면 눈이 침침해지고 반대로 간이 좋으면 눈이 밝아진다 하지."

"아하."

"해서 내공을 이용해 안법을 수련할 때에는 먼저 간과 연결된 족궐음간경(足厥陰肝經)으로 운기를 해 간접적으로 눈을 보강하여야 한다. 그 후에 족양명위경으로 운기하여 승읍혈로 직접 눈에 내공을 싣는 것이다."

무진이 계속해서 말했다.

"간을 단련하는 방법에만 익숙해져도 어지간한 어둠은 꿰뚫어 볼 수 있다. 지금 너희들에게 족궐음간경에 운기하는 것은 별로 어려운 일이 아닐 터이니 지금 해보거라."

무진의 말에 따라 아이들은 가부좌를 하고 천천히 운기를 시작했다.

"우선 소주천부터 하여 기경팔맥을 활성시킨 후, 엄지발가락의 태돈혈에서 가슴의 열네 번째 혈인 기문혈까지 서서히 기를 운행시킨다."

장건도 가부좌를 틀고 무진의 말대로 운기를 했다. 무진은 장건을 힐끗 보더니 조금 더 큰 소리로 말했다.

"아마 평소 설사나 황달을 앓던 녀석은 장문혈에서 기문혈로 올라가는 길이 쉽지 않을 것이다. 그럴 때에는 급맥혈에서 호흡을 멈추고 지식하여 기운을 모았다가 단번에 장문을 뚫고 기문에 도달하게 하여라."

나름대로 어렸을 때부터 동네에서는 무골이란 소리를 듣던 아이들이었다. 5년간의 수련 동안 기경팔맥의 대부분은 운기를 할 수 있을 정도로 트여 있었다.

개인에 따라 시간차는 있었으나 대부분 족궐음간경의 운기를 할 수 있었다.

일다경 정도가 지난 후에 무진이 말했다.

"먼저 운기를 끝낸 이가 있으면 다음번에는 기문혈에서 지식을 해 간에 기운이 모이도록 해라. 입 안에 침이 고이면 삼키지 말고 머금은 채, 눈을 떠보거라. 이것을 암법(暗法)이라 한다."

일다경의 시간 동안 소주천과 족궐음간경의 운기를 끝낸 아이는 장건을 포함해도 채 열이 되지 않았다.

장건은 벌써 두 번이나 족궐음간경의 운기를 마친 터였다. 무진의 말을 듣고는 기문혈에서 호흡을 멈추고 기운을 모았다. 가슴의 갈비뼈 안쪽에서 상쾌한 기운이 어렸다.

정말 무진의 말대로 입 안에 침이 고이기 시작했다. 장건은 조심스럽게 눈을 떴다.

"아!"

장건은 자기도 모르게 작은 탄성소리를 냈다.

온 세상이 갑자기 밝아져 보였다가 소리를 내는 순간 다시 원래대로 돌아왔다. 갑자기 눈이 밝아졌던 탓인지 내공이 흩어지는 순간 어두워진 느낌마저 들었다.

운기 자체가 어려운 일이 아니었으므로 장건은 재차 안법을 시도했다. 내공을 흩트리지 않고 눈을 뜨는 순간까지 집중하는 것이 중요했다. 운기 자체보다는 눈을 뜨면서 주의력이 떨어져 내공이 분산되는 것을 막는 게 더 힘들었다.

장건은 몇 번 하다 보니 간에 기운을 모을수록 사물이 또렷하게 멀리까지 보이는 것을 알 수 있었다. 그러나 어느 이상이 되니 더 이상 밝아지지 않았다. 무진의 말처럼 아주 멀리까지 보이거나 하지는 않는다.

아이들 중에서도 안법을 시도해 성공한 몇이 '오오!' 하며 탄성을 냈다. 대부분은 눈을 뜨는 것에 실패해 다시 도전하던 중이었다.

장건은 문득 직접 눈으로 내공을 보내면 어떻게 되는지 궁금해졌다. 방법은 이미 무진이 알려 주었다. 족양명위경으로 눈동자 안쪽의 승읍혈까지 내공을 보내면 된다 하였다.

장건은 내친김에 한번 해보기로 했다.

눈까지 내공을 끌어올린 후 호흡을 멈추었다. 천천히 눈에 기운이 모이기 시작하자 눈을 떴다.

'윽!'

눈을 뜨자마자 시큰거려서 눈알이 깨지는 것 같았다.

장건은 눈을 감고 잠시 기다렸다.

눈을 감으면 아무렇지 않은데 눈만 뜨면 화끈거리기도 하고 쿡쿡 쑤시기도 했다. 무거운 돌로 눈동자를 짓누른 듯 뻑뻑한 느낌도 있었다.

'너무 갑자기 하려고 그래서 그런가?'

계속 시도를 해도 마찬가지였다.

눈물을 죽죽 흘리면서도 장건은 포기하지 않았다. 눈에 큰 이상이 있는 것 같지는 않은데 뭔가 방법이 잘못된 것 같아 다른 방법으로 계속 시도했다.

그런 장건의 모습을 멀리서 무진이 바라보고 있었다.

오후의 수련 시간이 끝나고 저녁 공양시간이 되기 전 무진은 수업을 마쳤다.

"자, 오늘은 여기까지만 하자. 아마 오늘은 눈이 아파서 다들 잠도 못 잘 거다. 하하."

아닌 게 아니라 대부분의 아이들은 벌겋게 눈이 충혈되어 눈물을 찔끔거리고 있었다.

"못 보던 것을 보기 시작하니 아직 적응하지 못하는 거다. 익숙해지면 괜찮으니 너무 걱정하지 말거라."

무진이 반장을 하며 '아미타불' 하고 불호를 외자 아이들도 합장을 하며 함께 불호를 외웠다.
 무진이 아이들을 보내면서 구석에 있는 장건을 힐끔 보았다. 장건은 아직도 끝낼 생각을 않고 계속 안법을 연습하는 중이다.
 '사숙님들 말씀과는 좀 다르군. 재능만큼이나 자신이 노력을 하고 있어.'
 다른 무자배와 달리 무진은 원호에게 대략의 사정을 들어 알고 있었다. 대사형으로서 무자배를 통솔할 수 있게 하기 위함이다. 무경과도 직접 만나 얘기를 들었다.

 "다른 건 몰라도 기이한 신법과 어설픈 용조수만큼은
 제가 당할 수 없더군요."

 무경의 말이었다.
 '어설픈 용조수를 당해낼 수 없다?'
 무경은 무인으로서의 호기심이 솟아 직접 확인해 보고 싶었다. 그러나 원호와 원우는 그것을 허락하지 않았다. 무자배의 최고 배분이자 차세대 후기지수인 무진이 실수라도 해 장건에게 패한다면 위계질서가 완전히 무너질 수 있다 하였다.
 '사숙님들도 참.'
 무진은 괜한 걱정을 한다 원호를 탓하며 장건을 지켜보았다. 장건은 친구들과 함께 저녁 공양을 하러 공양간의 식당으로 향하고 있었다.

'저 아이에게 소림의 운명이 걸려 있다는 건 아무래도 지나친 생각이 아닌가?'

강호에서 확실히 소림의 입지는 많이 낮아진 상태였다. 보통 민초들은 그렇지 않았으나 구파일방의 다른 문파들은 무진을 탐탁지 않게 보았다. 일부 중소문파까지 소림을 경원시하는 걸 느낄 수 있었다.

그러나 그렇다고는 해도 소림은 소림이었다. 무진이 힘든 와중에도 더 소림의 제자다운 모습을 보이며 명성을 떨치기 시작하니 '역시 소림이다'라는 말이 떠돌았다.

그때부터 무진의 강호행은 한층 편해졌다.

소림의 위세가 완전히 사라진 건 아니라는 뜻이었다.

'좀 더 지켜보자.'

무진이 받은 또 다른 명은 바로 그것이었다. 장건을 지켜보고 무언가 특이한 점이 있으면 바로 원호에게 보고를 해야 하는 것.

그러나 아이들과 어울려 해맑게 웃고 있는 장건의 모습은 그리 특이한 것이 아니었다.

* * *

저녁 공양을 마친 장건은 산책도 할 겸 밖으로 나왔다.

산중에 있을 때보다는 자유롭지만 수련 중인 탓에 일반 참배객들이 자주 드나드는 외원까지는 갈 수 없다. 장건은 불전의 계단에 앉아 낮은 담벽 위로 오가는 참배객들의 모습을 지켜보았다.

저녁인데도 많은 참배객들이 드나들고 있었다. 화려한 비단옷을 입은 이도 있었고, 수수한 옷을 입은 이들도 있었다. 어떤 이는 불안하고 초조한 얼굴이고 또 어떤 이는 개운하고 편안한 얼굴이었다.

시선을 돌릴 때마다 각양각색의 사람들이 보여 가만히 보고 있어도 심심하지 않다.

그런데 장건은 그 중에서도 자꾸만 여자들에게 시선이 갔다. 아까부터 여자들만 쳐다보고 있다는 걸 자각한 순간 장건의 머리에 춘화도가 겹쳐 보였다.

얼굴이 화끈 달아올랐다.

'으악!'

장건은 눈을 꽉 감고 '아미타불, 아미타불, 나무아미타불!' 하고 불호를 외웠다.

그래도 기분이 진정되지 않는다.

'사람들도 많은데 건신동공을 할 수도 없고…….'

장건은 심호흡을 하며 눈을 떴다. 여전히 보이는 것은 여자들의 모습뿐.

'하아. 큰일이네. 이게 그 심마(心魔)인가 보다. 아무래도 숙소로 돌아가서 건신동공이나 하는 게 좋겠어.'

고민하던 장건이 그냥 숙소로 돌아가려 하는데 멀리서 얼핏 제갈영과 비슷한 소녀가 보였다.
 '어?'
 장건은 눈에 힘을 주고 보았으나 날도 어두워지고 너무 멀어서 얼굴이 잘 보이지 않는다.
 '에이, 바보. 안법을 쓰면 되잖아.'
 장건은 간에 기운을 모으는 암법을 사용했다. 어느 정도 어둠이 걷히고 사물이 또렷하게 보인다. 그러나 사람들이 너무 많이 오가서 그 틈에 있는 소녀의 모습은 잘 보이지 않는다.
 잠깐 사이에 소녀의 모습을 놓쳤다.
 장건은 침을 꼴깍 삼키고 직접 눈에 기운을 모았다.
 얼굴을 확인하고 싶다는 간절한 마음에 집중력이 극도로 높아졌다.
 한데 집중력이 높아지고 있음에도 이상하게 눈의 초점은 더 흐려지는 게 아닌가!
 곧 장건은 기이한 현상을 경험했다.
 처음 집중하여 보고 있을 때에는 보이는 시야가 좁았다. 그런데 마치 투명한 물을 뿌린 것처럼 시야가 점점 넓어지기 시작했다.
 처음에 보이는 것이 몇 사람이었다면 지금은 수십 명의 사람이 한눈에 들어온다. 보이지 않던 시야 밖까지도 모두 볼 수 있다. 그리고 그들이 무얼 입었는지 어떤 얼굴인지 무슨 손동작을 취하고 있는지를 모두 인식할 수 있었다.
 장건은 계속해서 눈에 기운을 모은 채 소녀를 찾았다. 오래 찾을 필요도 없이 한눈에 소녀를 볼 수 있었다. 이제는 손톱만큼 작게 보이는 얼굴의 점까지도 보인다.
 안타깝게도 제갈영은 아니었다.
 '에에…….'
 장건은 약간 실망했지만 제갈영이 다시 왔을 리는 없다는 걸 이미 알고 있었다.
 하지만 그 대신 새로운 세상을 볼 수 있게 되었다.
 부채꼴에 가까운 시야를 반원형으로까지 넓혀 한 번에 눈앞의 모든 것을 볼 수 있는 안법을 익힌 것이다.
 찰나 간 한꺼번에 많은 정보를 받아들이니 눈은 시큰거리고 머리도 어질거린다.
 "아이고. 이거 너무 어지럽다. 그만해야겠어."
 장건은 운기를 그만두고 자리에서 일어섰다.
 비틀.
 "어어어어?"
 비틀비틀.
 장건은 술에 취한 듯 비틀거렸다.
 안법이 아직 풀리지 않아 제대로 중심을 잡고 걸을 수가 없었다. 초점이 완전히 흩어져서 몸이 붕 떠 있는 듯했다. 제대로 발을 내딛을 수도 없었다.

원래 무진이 눈으로 직접 내공을 보낸다 한 것은 명법(明法)이라 하여 시야를 둥글게 만들어 원형으로 세상을 보는 것이다.

초점을 아예 흩어 버리는 게 아니라 먼 곳에 두고 먼 곳부터 가까운 곳까지 차례로 사물을 인식한다. 그리하면 원래 시선과 똑같아져 움직이는 데에 아무런 지장이 없다.

하나 장건은 초점을 잃어 시선이 분산되었다. 명법보다 더 많은 사물을 더 빠르게 인식할 수는 있지만 원근 감각이 달라져 평소대로 움직이기가 힘들었다.

"크, 큰일 났다."

장건은 끙끙대며 눈에 힘을 주고 몇 번이나 질끈 감았다가 떴다. 몇 번을 해도 시야는 제대로 돌아오지 않았다.

'어떡하지?'

그때 한 십여 장 쯤 떨어진 곳에서 나이 든 승려 한 명이 걸어왔다. 보통 때라면 그 승려가 자신을 향해 온다는 걸 몰랐을 텐데, 반원에 가까운 시야에서 사물을 한꺼번에 인식하고 있으니 승려가 자신을 쳐다보며 오고 있는 게 확실히 보였다.

"아미타불. 어디 몸이 좋지 않은가?"

"제가 실수로……."

"난 이쪽에 있네. 어딜 보고 얘기하는지……."

승려는 장건의 약간 왼쪽에 서서 말을 걸고 있었는데 장건은 오른쪽을 보며 대답을 하고 있었다.

"……."
 장건은 초점이 사방으로 분산되어 있어서 스스로는 무승을 보고 있다 생각했지만, 실제로 얼굴은 다른 방향을 향해 있었던 것이다.
 승려의 입장에서는 장건이 다른 데를 보며 말하고 있다 생각되었을 것이다.
 장건이 여전히 다른 데를 보며 말했다.
 "어디 계신지는 알겠는데 어떻게 봐야 할지 잘 모르겠어요."
 "그게 무슨 말인지……. 알아들을 수 있게 설명해 주지 않겠나?"
 그 와중에도 장건은 시선을 이리저리 돌려보고 있었지만 승려를 똑바로 쳐다볼 수가 없었다.
 승려는 장건의 양쪽 눈동자가 서로 다른 방향으로 움직이는 것을 보고 화들짝 놀랐다.
 그러더니 이내 '저런!' 하고 혀를 찼다.
 "이거 미안하게 되었네. 황반중심오목장애라고 미리 말을 하지 그랬나."
 "예? 황반…… 뭐요?"
 "험험. 사시 말일세. 사팔눈."
 장건은 멍하게 입을 벌렸다.
 "하, 하하……."
 다른 사람이 보기엔 자기가 지금 사시로 보이는가 보다.

"그러니까 제가 무공을 하다가요. 음……."

장건은 어쨌거나 도움을 요청하려고 말을 꺼냈다가 갑자기 입을 다물고 다시 물었다.

"제가 안법에 대해 여쭤봐도 무공을 안 배우셨으니 모르시겠군요?"

승려가 눈을 크게 떴다.

"내가 무공을 안 배운 걸 어찌 알았나?"

소림에는 무술을 하는 무승만 있는 것이 아니었다. 장건에게 다가온 승려는 교리를 연구하는 학승(學僧)이었다.

승려의 물음에 장건도 어리둥절했다.

"어? 그러게요. 제가 그걸 어떻게 알았을까요?"

"쯧쯧. 아무래도 자네는 경계성지적기능이 부족한 모양일세. 그도 아니면 그저 심심소일(心心消日)하거나."

"네?"

"아미타불. 바쁜 일이 있어 이만 실례하겠네."

승려는 불만스러운 얼굴로 총총 걸음을 옮겼다. 장건은 승려의 말을 하나도 알아들을 수 없어서 턱을 긁적거렸다. 아니, 턱을 긁는다고 생각했는데 옆 이마를 긁고 있었다. 눈에 보이는 감각과 신경이 다르니 뺨도 긁을 수가 없었다.

"아! 정말 왜 이러는 거야."

장건은 도와줄 사람을 찾아야 한다고 생각했다. 이럴 때 홍오라도 있다면 좋을 텐데, 홍오는 장건의 시야에서는 보이지

안법, 새로운 세상을 보다

않았다.

눈으로 보이는 게 너무 많아서 머리가 계속 지끈거렸다.

장건은 아예 바닥에 털퍼덕 주저앉았다. 아는 얼굴을 찾아 도움을 청하기 전까지는 제대로 걸을 수도 없을 것 같다.

그런데 가만히 있다 보니 의아한 생각이 들었다.

"방금 전의 그 스님이 무공을 배우지 않았다는 걸 내가 어떻게 알았지?"

장건은 이상했다.

혹시나 하고 다시 오가는 사람들을 보았다.

"어라?"

무공을 배운 사람과 무공을 익히지 않은 사람들을 구분할 수가 있었다.

대부분의 사람들은 평범하고 자연스러운데 비해 무공을 배운 이들은 어딘가 모르게 경직되고 이상해 보였다. 그것은 마치 장건이 과도한 무공에서 불편함을 느끼는 것과 비슷했다.

아니, 바로 그것이었다. 힘을 완벽하게 조절하지 못하고 은연중에 무공을 익힌 흔적이 드러나는 것을 장건은 확실히 보고 구별할 수 있었던 것이다. 평소에는 크게 관심을 두지 않아 몰랐는데 완벽한 시야를 가지게 되면서 인지할 수 있게 된 것이다.

"신기하네……."

신기하긴 했지만 머리가 계속 아파서 눈을 뜨고 있을 수가 없었다. 그렇다고 눈을 감고 아는 사람이 찾아오길 기다릴 수도 없는 노릇이어서 장건은 열심히 아는 얼굴을 찾아야 했다.
 그렇게 한참을 보는데.
 아까부터 시야에 자꾸만 거슬리는 게 있었다.
 '뭐지?'
 시야의 일부분이 구멍이 뻥 뚫린 것처럼 어두웠다. 딱히 검은 점이라고밖에 표현할 수 없는 그것은 아무래도 사람인 듯싶었다.
 사람인데 눈에 잘 보이지 않는다는 건 분명 이상한 일이었다. 뻔히 눈으로 보고 있는데 보이지 않는다는 것도 이상했다.
 "어?"
 장건은 계속해서 검은 점을 눈으로 좇았다. 그것은 결코 장건의 착각이 아니었다. 사람들 틈에 섞여 유유히 움직였고, 계속해서 보이고 있었다.
 어느 순간, 검은 점은 장건이 보고 있다는 걸 알아채기라도 한 듯 빠르게 움직이기 시작했다. 검은 점은 건물들에 곧 가려졌고, 장건은 더 이상 검은 점을 볼 수 없었다.
 "아무래도 내가 귀신을 보나보다. 어휴. 이럴 줄 알았으면 무진 대사형 말을 잘 들을걸. 다시 암법부터 연습해야겠다."
 장건은 암법을 했다.
 그러자 곧 눈이 편안해지고 이상하게 보이던 시야도 점차 되돌아오기 시작했다. 아직은 눈이 안법을 잘 펼칠 수 있을 정도로 적응되지 않은 것은 사실이었다.

진작 할걸!

하는 생각이 장건을 후회하게 만들었지만, 그랬다면 검은 점도 볼 수 없었을지 몰랐다.

'다른 사람들도 이 안법을 하면 검은 점이 보일까?'

"검은 점?"
"몰라. 그런 게 있어?"
"암법 말고 명법을 하면 눈이 너무 아파서 난 못하겠더라고."

아이들의 대답은 대부분 같았다.
장건은 아이들에게서는 해답을 얻지 못했다.
장건은 더더욱 의아해졌다.
대관절 검은 점의 정체는 무엇일까?
그때부터 장건은 시간이 나는 대로 소림을 돌아다니며 안법을 하는 것이 하루의 일과가 되었다.

제8장

검은 점의 정체

 그날도 장건이 소림 경내를 어슬렁거리며 돌아다니고 있는데 수업을 끝낸 소왕무가 찾아왔다.
 "여기 있었구나. 요즘 왜 이렇게 돌아다녀? 애들한테 이상한 거나 묻고 다닌다며."
 "이상한 거 아냐. 난 분명히 검은 점을 봤거든. 그래서 다시 찾아보려는 거야."
 "쩝. 그런 거 찾지 말고 시간 있으면 내 무공이나 좀 봐줘."
 "응?"
 "요즘에 조양권이 자꾸 중간에 막히더라고. 본산 사형들에게 물어보기도 좀 그렇고."

"하지만 난 조양권을 잘 모르는걸."

"그래도 넌 고수니까 혹시 알지도 모르잖아. 자자, 어서."

소왕무는 억지로 장건을 잡아 조용한 건물 뒤편으로 끌고 갔다. 주위에 누가 있는지 확인한 소왕무가 장건을 앞히고는 말했다.

"내가 말야, 며칠 뒤에 조양권 시험이 있거든. 그러니까 애들에게 말하지 말고 나 좀 도와줘. 우리 친구잖아."

속가 제자들은 주로 오전에 몇으로 나뉘어 특기 무공을 배우고 오후에는 한자리에 모여 잡기(雜技)를 배운다. 장건은 조별로 나뉘는 오전 수업은 빠지고 오후 수업때만 멀리서 참관을 했다. 그래서 오전 수업의 일은 잘 모른다.

"도울 수 있으면 도와줄게. 하지만 말했듯이 난 다른 무공은 잘 몰라."

"일단 봐줘. 알았지?"

"그래."

소왕무는 길게 심호흡을 하고 조양권을 준비했다. 그냥 조양권의 투로를 하는 것이 아니라 계형보의 보법에 조양권의 투로를 함께 이용하는 것이었다.

장건과 비무를 할 때 한 번 보인 적이 있던 그 보법과 권법이었다.

소왕무는 제법 익숙하게 보법을 밟으며 조양권을 펼쳐 나갔다. 그런데 후반 투로를 이어갈수록 점점 손발이 어지러워지기 시작했다.

 아무래도 후반부의 투로는 상급과정에 속하는 것이라 쉽게 익히지 못하고 있는 터였다.

 주먹질은 점점 허우적거리는 식으로 변해 갔고 보법은 꼬여서 몇 번이나 넘어질 뻔했다.

 남들 앞에서야 자존심 때문에라도 하지 못할 테지만 어차피 장건은 차원이 다른 실력을 가지고 있으니 부끄럽다는 생각도 들지 않았다.

 겨우 넘어지는 꼴만 면한 채 소왕무가 투로를 끝냈다.

 소왕무는 머쓱한 얼굴로 장건의 말을 기다렸다. 장건은 머리를 긁적였다.

 "미안한데 다시 한 번 보여줄래?"

 "엥?"

 "발걸음과 상체를 같이 보려니 잘 못 봤거든."

 "그, 그래."

 아무래도 조양권의 자세가 크고 여러 변초가 빠르게 이어지는데다 계형보가 바삐 움직이는 양상의 보법이다 보니 장건은 보법과 조양권의 투로를 함께 보지 못한 것이다.

 "후우."

 소왕무가 숨을 고르고 다시 조양권을 펼쳤다. 장건은 눈에 내공을 끌어올려 안력을 돋우었다.

 명법!

지금처럼 한 번에 전체를 봐야 할 때에는 명법만 한 것이 없다. 아직 움직이면서 안법을 쓸 수 있는 정도까지는 아니지만 최근에 하도 명법을 하며 돌아다녔더니 꽤 익숙해져서 이제는 어느 정도 편하게 할 수 있었다.

소왕무의 불편한 동작과 행동들이 사소한 부분까지 눈에 보이기 시작했다.

발놀림과 주먹의 방향뿐만이 아니라 허리와 고개, 어깨와 무릎의 사소한 동작까지 읽혀졌다.

역시나 이번에도 소왕무의 조양권은 후반부로 갈수록 흔들렸다. 소왕무는 두 차례나 발이 꼬여 넘어지기까지 했다.

"에이, 젠장. 봤지? 난 배운 대로 하는데 왜 자꾸 걸리는지 알 수가 없다니까."

소왕무의 말에 장건은 쉽게 대답하지 않고 잠시 고민했다. 소왕무의 투로가 꼬이는 것은 보법과 상체의 움직임이 맞지 않기 때문이었다.

'후반부의 보법을 밟을 때 보기가 너무 불편했어. 그럼 힘이 많이 들어갔다는 건데……'

해결방법이 없는 건 아니었지만 장건이 아는 한도에서의 해결법이란 것이 뻔했다. 홍오가 가르쳐 주거나 보여준 보법 일부를 응용한 것이다. 그 방법을 몇 군데 써먹으면 불편한 것들이 다 없어질 것 같다.

생각 같아서야 장건은 다 잘라 버리고 몇 가지만 하라고 시키고 싶었지만, 소왕무가 원한 것은 그런 게 아니었다.

'하지만 내가 아는 건 다른 문파의 무공들이니까 함부로 알려주는 것도 안 되는 거 아닌가? 그냥 불편해 보이는 몇 군데를 알려주는 거니까 다른 문파의 무공을 가르쳐 주는 게 아니겠지?'

장건은 소왕무의 간절한 눈빛을 외면하지 못하고 몇 군데 지적을 해주었다.

"거기서 말야. 너무 힘을 줬어. 다리에 힘을 빼고 허리를 좀 더 틀어 봐."

"이렇게?"

"아니. 좀 더 발을 모으고."

"좀…… 보기가 이상한데?"

"내가 볼 땐 그렇게 하면 괜찮을 것 같아. 아닐 수도 있어."

"일단 해보지 뭐."

원래 소왕무의 발이 꼬이는 것은 내공 운용이 부족하기 때문이었다. 기본 교육과정을 끝내고 이제 갓 내공 운용을 배우는 터라 좀 더 연습 기간이 필요했다.

하나 장건이 짚어준 대로 동작을 취하니 묘하게 흐름이 자연스러워졌다. 내공을 쓰기 힘든 동작을 축소하거나 약간 다른 동작으로 대체해 투로를 이어갈 수 있게 한 것이다.

겉으로 보기에는 이상하게 어색하고 경직되어 보이는데 막상 투로를 펼치는 데에는 문제가 없었다.

몇 차례 투로를 펼치는 동안 장건에게 지적받은 대로 고치니 소왕무는 거의 발이 꼬이지 않고 투로를 끝낼 수 있게 되었다.

"희한하네?"

막상 투로를 마쳤음에도 소왕무는 찝찝한 표정이다. 아무래도 배운 대로의 계형보나 조양권이 아닌 듯했다.

"우와. 많이 좋아졌는데?"

"그래?"

소왕무는 다시 투로를 펼쳤다. 확실히 끊기거나 꼬이던 부분이 많이 사라졌다.

"정말 괜찮아?"

소왕무가 재차 확인하듯 물었다. 장건은 고개를 끄덕였다.

"아무튼 고마워. 나중에 내가 꼭 보답할게. 우리 동네 오면……, 알지?"

"좋은 데 데려가 준다며."

"쉿쉿. 그건 우리 둘의 비밀이야."

소왕무는 몇 번이나 고맙다고 인사를 하며 혼자 연습을 하러 돌아갔다.

소왕무가 돌아가고 나서 장건은 자리를 털고 일어났다. 아까 하고 있던 대로 검은 점의 정체를 밝히러 소림을 돌아다닐 생각이었다.

명법을 하며 여기저기를 돌아다니길 얼마나 지났을까?

대팔이 장건을 찾아왔다.
"외원 쪽으로 가면 있다더니 여기 있었구나?"
"응?"
"야, 건아. 나 무공 좀 가르쳐 줘라."
"무공을?"
"아, 네 무공이 아니라 내 무공. 소홍권 알지? 며칠 있다가 시험이 있어서 말야."
"아아, 그래?"
장건은 별 생각 없이 고개를 끄덕였다.
그리고 소왕무에게 한 것처럼 대팔의 소홍권을 봐주었다.
대팔은 뭔가 이상하다며 자꾸 고개를 갸웃거렸지만, 소홍권은 확실히 나아졌다. 물 흐르듯 자연스럽다고는 할 수 없지만 어딘가 모르게 더 실용적이고 간소해진 느낌이었다.
"고맙다. 나중에 집에 다녀오면 지난번보다 더 재미난 거 가져다 줄게."
"아, 아니. 괜찮아."
"에이, 싫어하는 척하긴. 어쨌거나 고맙다! 오늘 일은 비밀이다!"
대팔도 뭐가 그리 급한지 연습을 하겠다며 뛰어갔다.
혼자 남은 장건이 길게 숨을 내쉬었다.
"하아. 소왕무도 대팔이도 다 열심히 무공을 배우는데, 난 뭘 하고 있는 거지? 오늘은 그만하고 기라도 먹으러 가야겠

검은 점의 정체 251

다."

 장건은 검은 점을 쫓아다니기를 포기하고 숙소로 돌아가기로 했다.

 그때까지 그 옆에서 자신을 지켜보던 한 쌍의 눈동자가 있음을 장건은 알지 못했다. 어쩌면 그 자리에서 안법을 하고 있었다면 발견했을지도 모르지만.

 장건이 떠나가자 그 한 쌍의 눈동자가 중얼거렸다.

 "기를 먹어? 거 참 별난 녀석일세."

* * *

 며칠 뒤 오전.

 연무대를 둘러싸고 조양권을 배우는 조와 소홍권을 배우는 조가 모여 앉았다.

 장건도 연무대 끝 담벼락 밑에 앉아 연무대를 보고 있었다. 장건이 연무대에 오르는 두 사람을 보며 중얼거렸다.

 "에구구. 그런 거였구나."

 연무대에는 소왕무와 대팔이 올랐다.

 시험이 있다는 것이 사실은 조양권 조와 소홍권 조의 친선비무 시합이었다.

 그리고 그 비무에서는 당연히 소왕무와 대팔의 대진이 짜여졌다. 그래서 둘은 급한 마음에 장건을 찾아왔던 것이다.

특별히 오늘 비무에는 방장 굉운과 원호가 참관한다 했으니 둘은 더욱 똥줄이 탈 만했다. 방장의 업무가 아무리 바쁘다 하나 속가 제자들 중 일이 위의 대결이니 관심을 가질 수밖에 없었다.

소왕무나 대팔이나 실력에 큰 차이가 있는 것은 아니었다. 그래서 소왕무는 일등 자리를 빼앗기지 않기 위해, 대팔은 일등 자리를 빼앗기 위해 며칠간 이를 악물고 연습을 했다.

굉운과 원호가 자리를 하고, 원우와 무자배 몇이 그 옆에 시립했다.

굉운이 담벼락에 있는 장건을 보며 조그만 소리로 원호에게 말했다.

"결국 이렇게 되었는가?"

"좀 더 지켜보시지요. 그보다 오늘은 저 아이들에게도 신경을 써 주셔야 하지 않겠습니까?"

"흐음. 그러세."

굉운은 미소를 잃지 않고 연무대 위를 쳐다보았다. 속가 제전에서 소왕무는 장건에게 참패를 당했지만 그렇다 해도 여전히 속가 제자들 중에서는 최고의 기대주였다.

"눈빛을 보니 전보다 훨씬 나아진 것 같네. 꽤 재미있겠군."

굉운의 말에 원우가 눈짓을 했다.

곧 무진이 나와 비무의 시작을 선언했다.

소왕무와 대팔의 마주친 눈빛에서 불이 튀었다.

"대팔아. 맷집은 많이 키웠냐?"

"왕무야. 넌 그동안 주둥아리 놀리는 무공만 연습했나보다?"

평소라면 서로 빈정대는 말에 누가 먼저랄 것도 없이 화를 냈을 텐데, 오늘은 서로 여유 있는 표정을 잃지 않았다.

둘 다 믿는 구석이 있는 까닭이다.

"흐흐. 대팔아. 그렇게 깝죽대다 죽는다. 형 실력이 좀 늘었어."

"흐흐흐. 왕무야. 너야말로 조심하는 게 좋을 거다. 이 형의 매운 손속을 원망하지 말고."

둘은 약속이나 한 듯 동시에 공력을 끌어올렸다.

그리고는 정면으로 맞부딪쳤다. 한두 번 싸워본 상대가 아닌지라 첫 기세 싸움이 중요하다는 걸 둘 다 잘 알고 있었다.

둘의 싸움이 시작되자 원우가 설명했다.

"소왕무는 조양권 실력이 한층 발전했습니다만 아직 깨달음이 부족해 2년은 더 정진해야 후반 삼수를 완전히 이룰 것입니다. 그에 비해 대팔은 내공을 잘 다루어 소홍권을 거의 마쳤습니다. 하나 뒤를 받쳐줄 보법이 부족하고 초식의 응용이 모자라 너무 정직한 면이 있습니다."

소왕무의 초식 운용이 더 뛰어나단 뜻이었다. 실제로 장건을 상대할 때에도 생각하기 힘든 수를 사용하곤 했었다.

원우의 말에 굉운이 슬쩍 미소를 걸었다.

"정말 그런가?"

"예?"

원우는 굉운의 말을 알아듣지 못하고 어리둥절한 표정을 지었다.

비무대 위에서는 한차례 격돌을 끝낸 소왕무와 대팔이 잠시 몸을 추스르기 위해 거리를 벌리고 있었다.

"하아하아. 매운 손속? 별거 아닌데?"

"학학. 실력이 늘었다더니 뭐가 늘었는지 모르겠는걸?"

둘의 눈빛이 번뜩였다.

드디어 숨겨둔 비장의 무기를 사용할 셈이다.

"간닷!"

"웃기지 마! 내가 간다!"

소왕무가 계형보를 밟으며 대팔의 왼쪽으로 치고 들어갔다. 전 같으면 투로를 잇지 못해 자세를 가다듬고 공격을 했을 텐데, 이번에는 그대로 권을 날렸다.

조양권의 절정이라 볼 수 있는 후반 삼수를 펼친 것이다.

부우웅!

소왕무의 양팔이 풍차처럼 회전하며 연속으로 대팔을 몰아쳤다.

"어?"

소왕무의 조양권에 대해 잘 알고 있던 대팔은 눈을 동그랗게 떴다. 맨날 끙끙대던 후반 삼수를 아무렇지 않게 펼치고 있었다.

'이 새끼가 늘긴 늘었네?'

대팔은 주먹에 힘을 주었다.

'하지만 나도 예전의 내가 아니다!'

대팔이 몸을 움츠리며 소홍권의 절기를 날렸다. 그 역시 전에는 사용하지 못하던 초식이었다.

소왕무도 놀랐다.

'이런 썅! 대팔이 놈 주먹이 안 보여!'

대팔의 주먹은 정확히 소왕무의 시야 밖 사각에서 올라오고 있었다. 안법을 배우기 전이었다면 그 낌새조차 눈치를 채지 못했을 터였다.

'맨날 정직하게 치던 놈이 갑자기!'

게다가 소홍권의 투로가 전하고는 달랐다. 전에는 큰 반원을 그리던 것이 지금은 그보다 작은 원을 그리며 날아오고 있었다. 소왕무에게는 체감상으로나 실제로나 훨씬 더 대팔의 주먹이 빨라 보이는 것이 당연했다.

퍼퍽!

퍽!

소왕무와 대팔은 공격을 물리지 않고 오기로 부딪쳤다. 그 바람에 소왕무는 명치를 얻어맞아 몸을 수그렸고, 대팔은 밑에서부터 올려친 주먹에 턱을 맞고 뒤로 엉덩방아를 찧었다.

지켜보던 아이들이 환호했다.

"우와아!"

소왕무와 대팔이 이를 악물고 일어섰다.

"이 자식이?"

"이 새끼가!"

둘은 다시 어우러졌다. 보법을 잘 쓰는 소왕무가 주로 공세를 퍼붓고 있었으나 대팔 역시 호락호락하게 당하지 않았다. 빈틈이 보일 때마다 날카로운 권을 날려 소왕무를 움츠리게 만들었다.

그 권을 소왕무가 피하며 다시 공세를 퍼붓는데 지극히 흐름이 자연스러웠다. 대팔도 조금씩 물러났다가 다시 앞으로 나아가는데 전혀 어색함이 없었다. 둘 다 최고의 투로를 끊어지지 않게 이어가고 있었다.

소왕무와 대팔은 곧 이상함을 눈치챘다. 서로 알고 지낸지가 몇 년인데, 갑자기 이렇게 실력이 늘었다는 건 있을 수가 없는 일이었다.

더구나 계속 부딪치다 보니 어쩐지 서로가 비슷한 무공을 하는 듯한 느낌도 들었다.

"대팔이 너, 설마!"

"왕무, 너 이 새끼 설마!"

으드득.

둘은 동시에 이를 갈았다.

"이런 비겁한 놈! 내 친구니까 건들지 말라고 했지!"

"누가 비겁한데! 걔가 니 꺼냐? 걔, 내 친구도 돼!"
"죽어!"
"죽어 버려!"
둘은 악에 받쳐 다시 비무를 이어갔다.
그 광경을 본 원우는 입을 채 다물지 못했다.
"아, 아니. 저 아이들이 언제 저렇게……?"
그러나 원호의 눈은 차가웠다.
"사제! 소왕무란 아이가 쓰는 것이 계형보와 조양권이 정말 맞는가? 대팔이란 아이가 소홍권을 배운 것이 정말 맞는가?"
원우는 대답을 할 수가 없었다.
둘 다 분명 자신들의 장기를 제대로 펼치고 있음은 확실했다.
원을 그리며 강맹하게 몰아치는 조양권의 특징과 강력한 일격을 자랑하는 소홍권의 특징은 그대로다. 그러나 어딘가 모르게 조양권이 아닌 듯, 소홍권이 아닌 듯한 냄새가 난다.
투로는 이어지고 있으나 중간 중간 너무 딱딱한 동작이 섞여 있는데, 또 그 동작이 흐름에 벗어나느냐 하면 그건 아니다. 그 동작이 있음으로써 자연스럽게 투로가 이어진다. 부족한 내공을 형(形)으로 보완하여 억지로 투로를 잇는 듯한데도 그것이 억지스럽게 보이지 않는다.
부분적으로 보면 이상한데 크게 보면 이상하지 않은, 정말로 이상한 동작이었다. 그것도 한 명만 그런 게 아니라 둘 다

그러니 그야말로 기가 찰 노릇이다.

"조양권과 소홍권에는 저러한 동작이 없네! 조양권과 소홍권뿐 아니라 소림 무공에는 저런 동작이 없어!"

"죄, 죄송합니다."

원호의 단언에 원우는 말도 못하고 땀만 흘릴 뿐이었다.

굉운이 웃으며 말했다.

"그만 다그치게. 가만히 보면 저 동작들, 어디서 많이 본 것 같지 않은가?"

계인이 찍힌 원호의 민머리에 핏줄이 돋아났다. 굉운의 말이 아니더라도 이미 원호는 둘의 동작과 유사한 느낌의 무공을 하던 아이를 떠올리던 중이었다.

굉운이 성난 원호에게 한마디를 던졌다.

"어쨌거나 그 짧은 시간에 저렇듯 발전하다니. 이걸 잘 된 일이라고 해야 할지……."

원호는 방금의 원우처럼 아무런 말도 못하고 핏대만 세웠다.

'장건!'

장건을 통제하지 못하였으니 굉운이 뭐라고 해도 할 말이 없다.

'이노옴!'

원호는 시선을 돌려 방금까지 담벼락에 앉아 있던 장건을 찾았다.

그러나 언제 사라졌는지도 모르게 장건은 자리에 없었다. 아무리 찾아도 다른 곳으로 갔는지 보이지 않았다.

'무례한 놈! 이곳에 누가 와 있는데 감히 자리를 비워!'

원호가 속을 부글부글 끓이고 있는데 귓가에 들려오는 굉운의 말이 그 속을 펑! 하고 터뜨렸다.

"건이를 찾는 거라면, 조금 전에 저 문으로 나갔다네. 수업을 듣지 못하게 해서 상심했나 보네."

"방장 사백!"

"그렇게 열 내지 마시게나. 아참. 혹시 그거 아는가?"

"뭘 말입니까?"

"용조수로 빨래를 하면 잘 된다네."

"그게 갑자기 무슨……"

"나도 모르네. 굉료 사제가 갑자기 와서 그러더군. 용조수로 빨래를 하면 아주 깨끗하게 잘 된다고."

원호가 황망하여 입을 채 다물지 못하는데 굉운은 원호의 마음을 아는지 모르는지 껄껄 웃어댔다.

* * *

장건은 굉운의 말처럼 상심한 것이 아니었다.

소왕무와 대팔의 비무를 잘 보기 위해 안력을 돋우어 명법을 하고 있었는데, 예의 그 수상한 검은 점을 포착한 것이다.

검은 점은 직접 눈에 내공을 끌어올리는 명법으로 보아야만 볼 수 있었다. 간까지 내공을 올리는 암법으로는 볼 수가 없었다.

'이번엔 안 놓친다!'

장건은 아직 명법을 한 채 움직이는 법에 익숙하지 못해 비틀거리면서도 검은 점을 열심히 쫓아갔다.

다행히도 검은 점은 그리 빠르지 않았다.

몇 개의 문을 지나고 몇 개의 건물을 가로지른 끝에 검은 점이 움직이지 않고 멈추었다.

장건은 바닥을 구르고 거의 기다시피 해 검은 점이 달아날 수 없는 널찍한 공간에까지 이르렀다.

"후아후아."

그제서야 장건은 명법을 풀었다.

"잡았다!"

장건은 시야를 원래대로 되돌리기 위해 암법을 운기하며 눈을 감았다가 떴다.

검은 점의 정체를 드디어 밝힐 수 있게 된 것이다.

그러나 눈에 보인 건 장건이 기대하던 그런 대단한 일이 아니었다.

오히려 어이가 없는 일이었다.

"응?"

빗자루를 들고 허름하고 소박한 무명옷을 걸친 자그마한 체구의 노인 한 명이 장건을 보며 내뱉은 말이었다.
노인이 무표정한 얼굴로 장건을 보고 물었다.
"뭘 잡았다는 거니?"
"하하……."
장건은 머리를 긁적거렸다.

사악사악.
한눈에 보기에도 오랜 세월을 살아온 듯한 연륜을 얼굴에 가득 담고 있는 노인은 장건이 있건 말건 천천히 비질을 했다. 주름살이 가득해서 나이가 몇 살인지 예측도 잘 되지 않는데, 얼핏 보면 홍오보다 좀 더 어려보이는 것 같기도 했다.
장건은 그 옆에 조용히 앉았다.
"할아버지는 누구세요?"
"나? 나야 뭐, 절에서 일하는 불목하니지. 그러는 넌 누구니?"
"전 장건이라고 하는데요."
"그래. 장건이라, 좋은 이름이구나. 흔하긴 해도 그런 이름을 가진 애들이 장수하더라."
사악사악.
노인은 지극히 평화로워 보이는 얼굴로 느긋하게 빗자루로 대전 앞을 쓸었다.
굳이 장건에게 무얼 묻지도, 말을 걸지도 않고 자신의 할 일에 열중하는 모습이었다.

 장건은 가만히 노인을 지켜보았다.

 노인은 그저 비질을 하고 있을 뿐인데 장건에게는 그게 너무나 신기하게 보인다.

 신경을 쓰고 보면 '노인이 비질을 하고 있구나' 라는 걸 알 수 있는데 잠깐만 고개를 돌려도 누가 있었는지, 무얼 보았는지 기억이 나질 않았다.

 뭐랄까.

 너무 자연스러워서 존재감이 거의 없는 듯한 그런 느낌이었다.

 '아! 그렇구나!'

 장건은 앉은 채로 명법을 했다.

 아니나 다를까, 노인의 모습이 주변보다 훨씬 어두워서 검은 형체로 보인다.

 무공을 배운 사람들은 어딘가 모르게 불편해 보였고, 평범한 사람들은 자연스러워서 그냥 그렇게 보였다.

 같은 이유에서 보면 노인의 모습에는 전혀 불편한 모습이 보이지 않는다. 자연스러운 것도 너무 자연스럽다. 지나치게 자연스러워서 존재감이 없다보니 시야에 구멍이 뚫린 것처럼 보이는 것이다.

 "진짜 신기하다. 윤 어르신도 이렇게 보일까?"

 장건이 안법을 풀고 자기도 모르게 말을 내뱉었다.

사악…….
그제서야 노인이 작은 반응을 보였다.
"난 하잘 것 없는 불목하니에게 관심을 보이는 네가 더 신기하구나."
"에이, 그렇지 않아요."
"윤 어르신은 누굴 말하는 거니?"
"화산에 사는 검성이란 분이 있는데, 그분 함자가 윤언강이래요."
"그렇구나. 그 사람이 왜 신기하니?"
"제게 사과를 깎아 주셨는데요. 그게 너무 자연스러워서 보는 동안 하나도 불편하지 않았거든요."
불목하니 노인은 싱글벙글 웃으면서 비질을 했다.
"사과를 깎는 게 불편해 보이면 이상한 거지."
"하지만 맨손이었는걸요?"
"에이, 사람이 어떻게 맨손으로 사과를 깎아. 사과는 칼로 깎아야지."
"정말이에요! 그렇게 깎는데 30년이 걸렸다고 분명히 말씀하셨어요."
"난 그럼 네게 60년 동안 갈고 닦은 기술을 보여주마."
장건이 잔뜩 기대하며 노인을 보았다.
갑자기 엉뚱한 생각이 들었다.
'설마 빗자루로 사과껍질을 깎으시는 건가?'

그러나 노인은 느릿한 동작으로 소매에서 사과를 꺼내 옷에 슥슥 문질러 닦았다.

그리고는 장건에게 사과를 내밀었다.

"사과는 이렇게 옷에 문질러 닦아 먹는 게 제맛이지. 자, 받거라. 이게 내가 60년을 걸려서 알아낸 방법이란다."

장건은 실소를 흘렸다.

재미난 노인이었다.

"정말 이 사과, 저 먹어도 돼요?"

"아무렴."

"와아, 감사합니다."

먹는 거라면 굳이 마다하지 않는 장건이 사과를 받아들고는 한 입 깨물려 하는데, 문득 생각해 보니 벌써 겨울의 초입이었다.

내공이 생기고 매일같이 소주천과 건신동공을 하니 추위를 잊은 지 오래였지만, 그렇다고 겨울이 온 것을 모를 리 없었.

사과를 보니 오래 보관한 것도 아니고 싱싱해서 갓 딴 듯하다.

"어라? 지금 겨울인데 사과가 나나요?"

"나야 뭐 불목하니잖니. 산에 가서 땔감도 해오고 여기저기 다니다 보면 늦게 열매를 맺는 사과나무도 알기 마련이란다."

"할아버지 정말 불목하니 맞아요?"

불목하니 노인이 다시 비질을 시작했다.

사악사악.

비질을 하는 소리가 이렇게 은근하고 기분 좋게 들리는 것도 처음이다.

노인이 비질을 하며 대답했다.

"그럼그럼. 불목하니도 아닌데 왜 절에서 비질을 하고 있겠어. 안 그러니?"

"흐응."

장건은 콧소리를 내며 다시 물었다.

"그런데 왜 도망가셨어요?"

사악.

노인의 비질이 멈췄다.

노인은 담담한 얼굴로 장건을 보았다. 그러더니 말없이 싱글거리고 웃기만 했다.

장건이 노인에게 쪼르르 달려가 재촉했다.

"왜 도망가셨어요? 네?"

노인은 손자 재롱에 어쩔 줄 몰라하듯 웃음을 터뜨렸다.

"그야 네가 날 쫓아오니까 그랬지."

"에에, 그런가요?"

"그렇다니까? 너 같으면 모르는 사람이 쫓아오는데 안 달아나고 배기겠니?"

"쳇."

장건이 입을 삐죽 내밀었다.

"아무래도 뭔가 이상한데……."

"에이, 그야 네 착각이겠지."

노인은 싱글벙글 비질을 한다.

가만히 있자니 장건은 왠지 심심하기도 하고 미안한 마음도 들었다.

"제가 비질하는 거 도와드릴까요? 저도 비질 잘 하는데."

"에이, 그러면 안 되지. 이젠 날 쫓아오는 것도 모자라서 네가 내 밥그릇을 빼앗으려 하는구나."

"제가 왜 할아버지 밥그릇을 빼앗아요?"

"나는 절의 허드렛일을 해서 먹고사는데 네가 내 할 일을 해버리면 나는 할 일이 없잖니. 일도 안 하고 먹고살 수는 없고."

"잠깐 도와드리는 것뿐인데요."

"누구에게나 밥그릇은 소중한 거야. 먹고사는 문제보다 더 중요한 건 없거든. 그러니 내 소중한 일을 빼앗을 생각 말고 가서 네 볼일을 보는 게 어떻겠니?"

"전……."

장건이 어깨를 늘어뜨렸다.

"전 딱히 할 일이 없어요."

사악사악.

노인이 비질을 하며 말했다.

"세상에 할 일이 없는 사람은 없단다. 나 같은 늙은이에게도 이렇게 할 일이 있어서 그 대가로 하루하루를 먹고살잖니."

"전 그냥 식충이인가봐요."

"이런! 누가 네게 식충이라고 해?"

"굉목 노사님께서요. 일도 안 하고 먹고 자기만 하면 식충이라고 하셨어요."

"에이, 내가 보기엔 뭐……. 넌 식충이는 아닐 거다."

"할아버지가 그걸 어떻게 아세요?"

"너 때문에 바쁜 사람들이 있거든. 네가 무언가 일을 하고 있으니 그 사람들이 바쁘게 일을 하고 있는 거 아니겠니?"

장건이 머리를 긁적거렸다.

'엄마아빠 얘길 하시는 건가?'

노인이 비질을 멈추고 허리를 두드렸다.

"아이쿠야. 이제 여기는 다 쓸었으니 난 좀 쉬었다가 땔감이나 주우러 가봐야겠구나. 너도 할 일을 하러 가거라. 10년만에 처음으로 길게 얘기를 했더니 힘들구나."

"10년만이라니요?"

노인은 별 대답 없이 장건을 향해 합장을 하고는 또 휘적휘적 다른 곳으로 걸어갔다. 장건도 얼떨결에 합장을 하며 고개를 숙였다가 노인이 가는 모습을 보고 소리쳐 물었다.

"할아버지! 나중에 또 뵈려면 어디로 가야 되요?"

불목하니 노인은 싱긋 웃으며 돌아보고는 손을 흔들었다.

대답은 그것이 다였다.

그리고서는 인파에 섞여 사라져갔다. 장건이 다시 찾아보려 했지만 노인은 이미 보이지 않았다.

* * *

저녁에 장건이 숙소에 돌아오니 소왕무와 대팔이 장건을 기다리고 있었다.

둘 다 얼굴이 엉망이었다.

둘은 서로 노려보며 으르렁대고 있다가 장건을 보고는 반색하며 달려왔다.

"건아! 잘 왔어."

"어, 어?"

"대팔이 저놈이 너한테 무공 배운 거 맞지?"

"소왕무 저 띨띨한 새끼가 너한테 무공 배운 거 맞지?"

장건은 '아하하……' 하고 어색하게 웃었다.

소왕무가 대팔의 멱살을 잡았다.

"이 자식이 왜 남의 말을 따라하고 난리야?"

대팔도 지지 않고 소왕무의 팔을 비틀었다.

"이 새끼가 남의 말을 새치기했으면 송구하다고 사과는 못할망정 생지랄을 하네?"

"아하하……. 둘 다 그만 싸워. 친구끼리 왜 그래."

"친구?"

소왕무와 대팔이 코가 짓눌리도록 서로 얼굴을 맞댔다.

"미리 말하지만 난 네 친구 아니다."

"난 네 형이다. 씨발놈아."

장건은 독기를 품고 으르렁대는 둘을 피해 몰래 자리로 갔다. 그리고는 옆에 있던 다른 아이에게 물었다.

"아까 누가 이겼어?"

"비겼어."

"정말?"

"어. 방장 대사님도 둘이 잘했다고 칭찬해 주셨어."

"잘됐네!"

"잘되긴. 누가 하나 이겼어야 되는데 비기는 바람에……. 어휴. 맨날 만나기만 하면 저 꼴로 싸울 텐데 생각만 해도 끔찍하다."

대답하던 아이가 갑자기 장건을 물끄러미 보았다.

"그런데 정말 네가 쟤들 무공 봐준 거 맞아?"

"으, 응? 아마……."

둘 다 비밀이라고 그렇게 당부를 했으니 장건은 차마 그랬다고 말을 할 수가 없었다. 그러나 이미 눈치를 챈 아이들은 순식간에 장건의 주변으로 몰려들었다.

"나도 좀 가르쳐 주라!"

"나도!"

서로 악다구니를 쓰던 소왕무와 대팔이 그 모습을 보고 소리를 지르며 달려왔다.

"내 친구 괴롭히지 말고 빨리 안 떨어질래!"
"내 친구 건드리면 아작난다!"
좋은 건지, 나쁜 건지.
하지만 기분은 결코 나쁘지 않아 장건은 조용히 웃었다.
끝끝내 자신이 불목하니라고 아득바득 우기던 노인이 한 말처럼, 장건에게도 할 일은 있는 모양이었다.

  *   *   *

늦은 밤, 모두가 잠자리에 들어야 할 시간에 원자배는 긴급한 모임을 가졌다.
십여 명의 인원이 모인 자리에서 원호가 먼저 입을 열었다.
"상황이 악화되고 있다."
"장건이 말씀입니까?"
원호가 고개를 끄덕였다.
천불전주 원당이 물었다.
"그 아이는 수업에서도 열외를 시켰지 않습니까. 그런데 상황이 악화되다니요?"
문수각주 원전이 말했다.
"사제는 얘기를 못 들은 모양이군. 오늘 속가 아이들이 비무를 했는데 그중 두 명이 건이란 아이와 비슷한 움직임을 보였다 하네."

"그렇다고 해서 상황이 악화되었다고 하기는 어렵지 않습니까. 그것이 정말 건이란 아이의 영향을 받은 것인지도 의심스럽고, 또……."

원우가 답했다.

"방장 사백께서도 확신하셨습니다. 제가 나중에 두 아이를 불러 물어보니 분명 그렇다 하였습니다."

"허어."

긴나라전주 원상이 코웃음을 치며 언성을 높여 말했다.

"저는 방장 사백의 의도를 알 것 같습니다."

"말해 보게."

"우리가 뜻대로 행동해 주지 않고 반발이 심하니 본산 제자가 아니라 속가 제자 아이들을 이용하려는 겁니다. 홍오 사백조의 무공을 건이란 아이를 통해 속가 제자들에게 전수하려는 게지요. 그래놓고 나중에 이리 말할 것입니다. 봐라! 내 말이 맞지 않았냐. 다른 문파의 무공이든 뭐든 배우면 이렇게 강해진다!"

언뜻 과장된 의견이었으나 홍오의 성격을 생각하면 그리 과장된 일도 아니었다.

하지만 방장 굉운의 생각이라면 또 다르다. 굉운이 이렇게 빤하게 속셈이 들여다보이는 일을 꾸밀 리 없다.

원상이 탁자를 치며 말했다.

"더 생각할 일이 무에 있습니까? 당장에 장건이란 아이를 다른 아이들과 격리시켜야 합니다!"

원당이 말했다.
"하나, 그러자면 그만한 명분이……."
"명분은 무슨 명분! 그럼 이대로 있다가 큰일이 벌어지고 나서야 뒷수습을 하게요?"
원호가 계도를 내리찍었다.
탕!
"그만!"
원자배 승려들이 원호를 보았다.
원호가 주름살을 만들며 찡그린 얼굴로 말했다.
"물론 방장 사백의 의도를 아는 것은 중요하지. 그러나 내가 오늘 모임을 급히 소집한 것은 다른 이유가 있어서야."
원호의 표정이 심상치 않았다.
"무슨 일입니까? 그보다 더 중대한 일이라시면……."
원호가 침중한 어조로 말했다.
"며칠 전 사천에서 전서구가 날았네."
원자배 승려들의 안색이 한순간에 싹 변했다.
"설마……."
"그 설마가 맞네."
원전이 물었다.
"그럼 어떻게 해야 합니까? 장건이란 아이를 어디로든 숨겨야 하지 않겠습니까?"
원호는 고개를 저었다.

"아니, 난 좀 다른 생각일세. 오히려 그 반대로 하려 하네."
원자배 승려들은 놀람을 금치 못했다.
"사형!"
"잘 생각해 보게. 그가 직접 나섰다는 것이 무얼 의미하는지. 그는 두 눈으로 똑똑히 확인하고 싶은 것일세. 그리고 그가 건이를 만났을 때 어떤 일이 벌어지는지, 우리도 알 수 있겠지."
"그래도 그건 너무 위험한 일입니다."
"그렇습니다. 위험을 무릅쓸 정도는 아닙니다."
원호는 단호했다.
"위험하나 우내십존 전부와 비교할 바는 아니지. 오히려 드러냄으로써 우리가 우려하던 일이 사실인지 확인할 수 있는 것일세. 일의 전모를 알게 된다면 그만큼 더 확실한 대책을 세울 수 있을 테니."
원호의 눈빛이 독하게 빛났다.
"위기는 곧 기회라 하였으니, 모두 마음의 준비를 단단히 하게!"
원자배 승려들은 고개를 끄덕였다.
원호의 말은 딱히 틀리지 않는다.
어떤 일인지 몰라 전전긍긍하는 것보다 한 번 크게 부딪쳐 알아보는 것도 결코 나쁜 일은 아니다.
그러나 그것이 어떤 결과로 이어질지 그것이 두려운 것이다.
일이란 것이 늘 좋은 방향으로 가라는 법은 없었으므로.

제9장

독선(毒仙)의 방문

방장실 앞 정원.

범상치 않은 기세를 가진 무승 한 명이 방장 굉운과 함께 걷고 있었다.

나이는 마흔 정도 되어 보이고, 이마에는 여덟 개의 계인을 찍었는데 눈매가 날카롭고 인상이 굳건했다.

손에는 키 높이가 넘는 묵직한 불장을 들었다. 키도 굉운보다 머리 두 개는 더 큰데 불장이 그보다 크니 그야말로 위압적이다.

게다가 불장의 머리는 둥그런데 열 개의 고리가 달려 있어서 움직일 때마다 위협적으로 찰랑거리는 소리가 났다.

독천(毒仙)의 방문 277

가만히 쳐다보고만 있어도 어지간한 사람은 오금이 저려 보지 못할 정도였다.
소림의 비밀 수호승(守護僧)이라고까지 불리는 나한승(羅漢僧)이다.
나한승이 천천히 입을 열었다.
"예측했던 대로 사천에서 가장 먼저 전서구가 도착했습니다."
굉운이 천천히 정원을 걸으며 혼잣말처럼 말했다.
"그래. 그렇다면 지금 그분은 어디쯤에 계실까."
"아마 숭산 어귀에 도착하지 않았을까 생각합니다. 행적이 너무 빨라 자취를 좇을 수가 없었습니다."
"드디어 첫 관문인가……"
굉운은 잠시 생각에 잠겼다.
나한승이 굳건한 어조로 말했다.
"명하신다면 거진(拒進)하겠습니다."
굉운이 쓴 미소를 머금었다. 거진한다는 것은 무력으로 막음을 뜻하는 것이다.
"막을 수 있겠느냐."
"그것이 저희들의 사명이 아닙니까."
"홍오 사숙께서는 아직 아무 말씀도 없으셨지?"
나한승이 대답 없이 고개를 끄덕였다.
"그럼 내버려두어라. 아무리 그분들이라 하나 소림에서 함부로 손을 쓰지는 못하실 거다."
 나한승은 일언반구도 없이 반장을 하며 한 걸음을 물러났다. 굉운의 뜻을 받아들인다는 의미다.
 나한승은 설명을 요구하지 않았으나 오히려 굉운이 답답하다는 듯 탄성을 내며 말했다.
 "도대체 과거에 그분들에게 무슨 일이 있었는지 모르겠구나! 할 수만 있다면 억지로라도 그분들의 입을 열고 싶은 것이 솔직한 내 심정이다."
 과거 홍오는 강호행을 하며 괴짜 같은 행동으로 많은 적을 만들었지만 그만큼 많은 친구를 사귀었다.
 그들이 바로 지금의 우내십존이다.
 홍오가 일부러 그런 이들을 골라 사귀었는지, 아니면 연이 닿아 그런 이들을 만나게 되었는지는 알 수 없었다. 그러나 홍오와 관련이 있던 그들이 몇십 년의 세월이 지나면서 하나같이 강호의 최강자를 일컫는 우내십존에 들게 되었다.
 아무리 생각해도 우연이 아닌 것 같다. 아니 우연이 아니라고 단정해도 지나치지 않은 것 같았다.
 적어도 굉운은 그렇게 생각하고 있었다. 인과(因果)라는 것은 결코 이유 없이 생겨나는 것이 아니니까.
 그 순간 굉운의 몸이 아주 잠깐 경직되었다.
 "생각보다 정말 빠르구나."
 이어 굉운의 입술이 달싹이는 것을 본 나한승이 재빨리 굉운의 옆으로 가 호법을 섰다.
 가까이 다가서는 자는 누구도 용납하지 않겠다는 태산 같은 기상이었다.
 바람도 불지 않는데 굉운의 황색 가사가 조용히 펄럭였다.

 방갓을 쓴 노인 한 명이 소림의 산문을 지나 일주문을 오르는 돌계단에 서 있었다. 길게 드리워진 방갓 때문에 얼굴은 보이지 않으나 누런 마의(麻衣)를 입고 있어 평범한 촌부의 차림이었다.
 방갓의 노인의 곁으로도 수많은 사람들이 오가고 있었다. 노인은 끝없이 이어진 돌계단이 힘에 부쳤는지 잠시 계단 옆으로 가 몸을 쉬었다.
 소림을 찾아 계단을 오르던 행인들이 노인에게 친절히 물 한 모금을 권했고, 노인은 기쁘게 가죽 물통을 받아들었다.
 『아미타불…….』
 노인은 딱 물 한 모금을 마시고 다시 행인에게 물통을 돌려주었다.
 "잘 마셨소."
 "아닙니다."
 행인이 물통을 받고 계단을 오르자 노인은 천천히 방갓을 들어올렸다.
 얼굴에 주름살이 가득하고 흰 눈썹도 관자놀이까지 뻗어 있어 노인의 나이가 적지 않음을 알 수 있었으나, 눈빛만큼은 달랐다. 도저히 평범한 노인이라고는 볼 수 없는 맑은 눈동자에 기이한 녹색빛의 광채까지 떠올라 있었다.

노인이 멀리 네모난 상자처럼 보이는 일주문을 향해 조그맣게 중얼거렸다.

"방장이신가?"

『아미타불. 어찌 연락도 없이 찾아주셨습니까. 미리 기별이라도 주시지요.』

돌계단을 오르내리는 다른 행인들 일부가 힐끗 계단 옆의 노인을 쳐다보았고, 노인은 방갓을 살짝 들며 인사를 해보였다.

노인이 또다시 중얼거렸다.

"내 기별을 하지 않았어도 이미 방장께서는 알고 계시지 않았는가."

『갑자기 내방하시어서 준비가 미흡합니다. 강호의 대선배를 대하는 데 있어 소림이 모자라다는 소리를 들을 수는 없는 것 아니겠습니까.』

"대선배는 무슨……. 괜찮네. 어차피 거연(遽然)히 들른 것이라 혼자뿐일세. 차나 한 잔 마시면 되지."

『변변찮은 차라 내어 놓기가 부끄럽습니다. 당 어르신의 입맛에 맞을지 모르겠군요.』

다른 사람들은 노인이 듣고 있는 말이 들리지 않는 모양이었다. 행인들은 무슨 말인지는 알아듣지 못해도 노인이 중얼거리는 것을 보며 희한하다는 얼굴로 지나쳐 갔다.

그때마다 노인은 사람 좋은 웃음을 지으며 일일이 인사를 했다. 그러면서도 입은 끊임없이 움직였다.

"걱정하지 말게. 내 차는 오랜 지기를 위해 따로 준비를 해 왔으니. 한번 맛이라도 볼 텐가?"

『당 어르신의 차를 소승이 감히 맛볼 수나 있겠습니까. 소림에 오셨으니 응당 소림의 차를 대접해야지요.』

노인의 표정에 미묘한 변화가 일었다. 그러나 조금도 내색은 하지 않았다.

"홍오는 잘 있는가? 내 실은 그 친구를 만나러 온 것일세."

『사숙께서야 잘 지내고 계시지요. 늘상 재미난 일이 없나 이곳저곳 두리번거리시기는 합니다만, 지금쯤은 어람봉에 계실 것입니다.』

"허허."

노인이 너털웃음을 터뜨렸다.

"예전이나 지금이나 변한 게 없는 친구로구만. 너무 걱정하지 마시게. 그 친구만 만나고 조용히 돌아갈 테니. 아무렴 강산이 네 번이나 변하는 동안 한 번도 보지 못했던 친구 아니겠는가."

『아미타불……. 무례를 용서해 주시기 바랍니다.』

"괜찮네. 대소림의 방장이란 자리가 어디 호락호락하던가?

다망(多忙)할 터인데 나 같은 늙은이야 신경 쓸 것 없으니 마저 일 보시게."

한 번의 불호가 더 들리고 어디에서부터 들려왔는지 알 수 없는 음성이 더 이상 들리지 않게 되자 노인이 몸을 일으켜 세웠다.

사람 좋은 웃음을 짓고 있으나 그 미소에는 쉽게 눈치챌 수 없는 불편함이 자리했다.

"역시 소림이라……, 그것 참 괜한 말이 아니군. 이빨 빠진 호랑이들 중에 알려지지 않은 백호가 있었어."

당사등.

사천 당씨세가의 제일가는 독공(毒攻)의 고수이며 강호에서는 독선이라 불리는 우내십존의 일인(一人).

그것이 바로 노인의 정체였던 것이다.

돌연, 그의 모습이 사라졌다.

한줄기 바람이 일고 사라지는 것이 너무나 자연스러웠기에 길을 가던 행인들은 '누군가 있었던 것 같은데……?' 하고 어리둥절한 얼굴로 가던 길을 계속 재촉할 뿐이었다.

* * *

당사등은 어느샌가 어람봉의 기슭에 서 있었다.

잠시 가만히 서서 누군가를 기다리는 듯하더니 웃음을 머금고는 중얼거린다.

"이 친구가 게을러진 건지, 아니면 그동안 놀기만 했는지 통 소식이 느리구먼."

당사등이 혀를 찼다. 그러더니 가만히 눈을 감고 감각을 최대한 일깨웠다.

그의 예민한 기감이 움직였다.

"찾았다."

스윽.

당사등이 가만히 서 있는데 그 주위로 희미한 소용돌이가 그려졌다.

그의 마의 아래로 쏟아내듯 칙칙한 회색의 구름이 퍼져 나간다.

그 구름에 쓸릴 때마다 주변에 나 있던 풀과 나무들이 순식간에 시들어 갔다. 겨울나기를 준비하던 풀과 나무들은 아닌 밤에 날벼락을 맞은 듯 생기를 잃고 축 늘어져 강풍에라도 쓸린 것처럼 스러진다.

아주 천천히. 하지만 지속적으로 당사등의 주변이 황폐화되어 갔다.

때 지난 초겨울의 산중이 한 사람으로 인해 죽음의 회색빛으로 물들어 가고 있었다.

일 장……. 이 장…….

시간이 흐를수록 당사등의 주위는 무채색의 황량함으로 뒤덮여 갔다. 하얀 눈으로 뒤덮여 아름다운 백색의 풍경이 아니라 소름이 끼칠 정도의 거무죽죽한 회색의 풍경이다.
"하나, 둘. 셋."
당사등은 조그만 소리로 느긋하게 숫자를 읊조렸다.
그렇게 얼마나 시간이 지났을까?
거의 차 한 잔을 마실 시간이 훨씬 지나서야 홍오가 모습을 드러냈다.
당사등이 백이십칠을 세었을 때였다.
"늦군."
당사등이 중얼거리며 웃었다. 방장실에 웅크리고 있던 백호라면 오십을 세기 전에 알았을 것이다.
"얼씨구?"
홍오는 당사등을 보자마자 소리를 질렀다.
"야, 이 미친놈아! 왜 멀쩡한 땅을 죽음의 땅으로 만들려고 그래!"
당사등이 홍오를 보고 껄껄 웃었다.
"이 친구. 왜 이리 마중이 늦나. 엉덩이가 무거운 것 같길래 조금 힘 좀 썼네."
"빨리 거두지 못해? 누굴 다 죽이려고."
당사등의 표정이 잠시 흐려진다.
"자네도 예전 같지 않군."
당사등이 손을 들자 바닥에 깔리던 구름이 급속도로 줄어들기 시작했다. 아니, 줄어드는 것을 넘어서서 그의 소매로 빨려 들었다.
스슷.
잠깐 사이에 죽음의 구름은 모두 당사등의 소매로 사라졌다.
그러나 주변의 황폐함은 그대로였다.
홍오가 인상을 썼다.
"에잉, 심보 고약한 놈. 살리지도 못할 걸 왜 죽여?"
"나는 평생을 독으로만 살아온 사람이라 살리는 법은 잘 모른다네."
"죽인다는 얘기는 사찰에 와 웃으면서 할 얘기는 아니지."
"여긴 이대로 둘 텐가?"
"어차피 올 사람도 없어. 아, 그럴 거면 왜 이렇게 만들었냐고!"
"껄껄. 그러게 말이네."
홍오가 뚱하게 내뱉었다.
"한데 무슨 바람이 일어서 예까지 온 게야? 다른 놈들도 다 들썩들썩 한다면서?"
당사등이 입에서 미소를 지웠다.
"설마……, 정말로 모르는 겐가?"
홍오는 인상을 쓴 그대로 길게 드리워진 눈썹을 꿈틀거렸다.

"대체 언강이 놈에게 무슨 얘기를 들었길래 다들 바람이 잔뜩 들었어?"

"흐음."

당사등은 잠시 생각하다가 대답했다.

"나는 그저 자네에게 조언을 하러 온 것뿐일세. 그런데 자네가 아무것도 모르고 있다니 답답하이."

"뭐? 조언?"

"아, 이 사람이? 40년 만에 만난 친구를 이렇게 세워둘 셈인가? 먼 길을 왔더니 목이 컬컬하구먼."

"천하의 독선이 그깟 흙먼지 좀 먹었다고 목이 컬컬한 게 말이나 돼? 목의 때를 벗기려면 산문 밖에서 벗기고 왔어야지."

"허어. 자네 입에서 그런 말이 나오다니, 놀랐으이. 천하의 괴승이 술을 끊었단 말인가? 그렇게 술을 좋아하던 자네가?"

"곡차라면 마신 기억이 있네만, 술 같은 건 마신 적이 없지. 그나마도 끊은 지가 언젠데."

"그럼 올라가서 차라도 한 잔 주게."

"에잉, 귀찮아 죽겠는데. 따라오게. 암자까지는 좀 머니."

홍오가 먼저 등을 보이고 신법을 전개해 산을 오르자 당사등도 곧 그 뒤를 따랐다.

홍오의 등을 바라보는 당사등의 눈빛이 묘하게 빛났다.

그때 홍오가 갑자기 뒤를 돌아보며 물었다.

"그런데 말야."

"응? 왜 그러나?"

놀란 당사등이 방갓으로 살짝 얼굴을 가렸다.

홍오가 이상하다는 얼굴로 물었다.

"뭔가 일이 있어서 자네가 내게 조언을 하러 올 만큼 우리가 친했던가?"

홍오는 정말로 모르겠다는 얼굴이었다.

당사등은 짐짓 화가 난 표정을 지으며 말했다.

"이 사람, 너무하는구면. 윤언강 그 친구가 자네와 제일 친했지만 자네 술동무를 해준 횟수를 따지자면 언강이보다 내가 더 많았을 걸세."

"그……랬나?"

홍오가 소림에 갇히게 된 것은 약 40여년 전이었다. 그러나 그가 강호행을 한 것은 그보다도 더 오래전이다.

홍오의 나이는 이미 망백(望百; 91세)을 넘었다. 철없던 이십대부터 삼십대까지 가장 활발하게 강호를 쏘다녔으니 벌써 6, 70년이 지난 것이다.

더구나 당시 어울리던 이들은 홍오에게 큰 의미가 없었다. 그들의 문파 무공에만 관심이 있었지 친구로서의 의미 같은 건 홍오에게 전혀 없었다.

그러다 보니 기억이 가물가물하다.

이후로도 사부가 입적할 때까지 몇 번 보긴 했으나 그때에도 홍오에게는 그들이 그리 큰 존재가 아니었다.
"자자, 빨리 가세. 목이 타 죽겠네."
어떻게든 과거를 떠올려 보려는 홍오를 재촉하는 당사등이었다.
"아, 그러세."
당사등의 눈이 방갓 아래에서 빛났다.

* * *

장건은 갑작스럽게 무진에게 불려갔다.
"부르셨나요?"
"아, 그래. 심부름 좀 하나 해주어야겠어."
"심부름요?"
수업에 참가시키지도 않고 남들 다 공부하는 마당에 심부름이나 해야 하다니.
장건은 순간 서글픈 기분이 들었지만 그래도 꿋꿋하게 마음을 먹기로 했다. 어찌 보면 그래도 심부름이라도 시키는 게 무관심한 것보다는 나았다.
"네. 뭘 하면 되나요?"
"별일은 아니고, 여기 떡이 좀 있는데 홍오 태사백조께 손님이 온 것 같으니 가져다 드리라고."
"아아, 홍오 대사님께 가는 거군요."

장건은 왠지 모르게 반가웠다. 시간이 아주 없는 것도 아니었는데 본산에 내려와서는 굉목과 홍오를 찾아갈 만한 여유가 없었다.

"고맙습니다."

장건은 인사하며 댓잎에 싼 떡을 받아들었다.

"네가 왜 고마워하냐?"

"제가 홍오 대사님을 뵌 지가 오래됐으니 한 번 찾아뵈라고 제게 시키신 거잖아요."

무진은 우는 것도 아니고 웃는 것도 아닌 묘한 표정을 지었다.

"말이야 그렇긴 하다만……. 그렇게까지 생각할 분들은 아니시지."

장건이 알쏭달쏭한 얼굴로 무진을 보았다.

"내키지 않으면 안 가도 된다."

"아뇨. 내켜요. 다녀올게요."

"그래. 몸조심하고."

겨우 소림 본산 뒤쪽의 봉우리를 오르는데 몸조심까지 할 이유가 있을까?

장건은 의문이 들었지만 의례적인 말이라 생각하고 곧 어람봉으로 향했다.

"굉목 노사님도 떡 좋아하시려나?"

생각 같아서야 굉목에게도 좀 나누어서 드리고 싶지만 심부름이니 그럴 수도 없었다.
 장건이 막 본산의 문을 나서는데 앞쪽에 빗자루를 들고 가는 익숙한 뒷모습이 보였다.
 "아! 할아버지!"
 불목하니 노인이었다.
 장건이 잽싸게 뛰어가 노인과 함께 걸었다.
 "한참 찾아도 안 보이시던데 이렇게 뵙네요?"
 "뭐, 내가 어딜 가봐야 어차피 소림 안이지. 어딘가에 있겠구나, 하면 되지 뭐하러 애써 찾고 다녔어?"
 "헤헤, 그냥요."
 "에그그, 실없긴."
 장건은 노인의 느긋한 발걸음에 맞춘다고 생각했는데 이상하게도 자꾸만 뒤처지는 기분이 들었다.
 분명히 동작은 느긋한데 장건은 어지간히 속력을 내야 겨우 비슷하게 갈 수 있었다.
 "어딜 가시길래 이렇게 바쁘게 가세요?"
 "빗자루를 들고 있는 걸 보면 모르니? 급하게 비질을 하러 가는 거지."
 급하게 비질을 하러 간다는 말에 장건은 웃음을 터뜨렸다. 그렇게 한 번 웃고 나니 노인은 벌써 저만치 앞에 가 있다.
 "같이 가요!"
 장건은 헐레벌떡 노인을 따라갔다. 노인은 나무토막처럼 딱

딱하면서도 빠르게 걷는 장건을 이상한 듯 쳐다보더니 속력을 늦추지 않으며 물었다.

"그러는 넌 어딜 가니?"

"홍오 대사님께 떡을 가져다 드리라고 해서요."

그 말에 노인이 갑자기 걸음을 딱 멈췄다. 그러더니 얼굴에 노기를 띠었다.

"이놈들이 보자보자 하니까?"

장건은 신법까지 쓰며 그렇게 빨리 걷고 있다가 노인처럼 멈출 수가 없었다. 대여섯 걸음을 더 가서야 겨우 멈추고 노인을 돌아보았다.

"왜 그러세요?"

노인은 잠시 가만히 서 있다가 퉤, 하고 침을 뱉었다.

"어지간하면 내가 전해 줄 테니 넌 돌아가거라."

"왜요?"

"굳이 가겠다면 말리지 않겠다만, 가지 않는 게 좋을 게야."

무진도 그렇고 불목하니 노인도 같은 말을 하니 장건은 더 호기심이 생겼다.

"간 김에 안부 인사도 좀 드리고 내려오는 길에 꾕목 노사님도 뵈어야 하는데요?"

"끙. 그럼 나도 모른다."

노인은 다시 걸음을 재촉했다. 정말로 급한 모양이었다.

장건도 황급히 노인을 뒤따랐다.

얼마 지나지 않아 어람봉의 초입에 도착한 장건은 눈을 크게 떴다.
"아니! 이게 다 뭐야? 불이라도 났나?"
봉우리로 오르는 길 주변이 온통 거무죽죽했다. 길 주변의 풀과 나무들은 잔뜩 시들어 있어서 손만 대면 부서질 것 같았다.
"에이, 못된 놈 같으니. 왜 다른 사람들에게 해를 끼치는 거야? 위험하게시리."
노인은 마치 이곳을 알고 온 것처럼 곧 비질을 시작했다.
"할아버지, 누가 이랬는지 아세요?"
"내가 뭘 알겠니. 어쨌든 간에 좀 기다리거라. 금방 치울 테니까 그때 올라가도 늦지 않아."
"저도 같이 치워요."
"아서라."
장건이 다가서는데 노인이 오지 말라는 투로 손짓을 했다. 장건은 부드러운 힘에 막혀 더 이상 앞으로 갈 수가 없었다.
"어어어!"
정말 놀라운 일이었다.
장건이 멍하게 서 있는 동안 노인은 계속해서 비질을 했다.
"에이, 나쁜 놈. 에이, 못된 놈. 에이, 천하에 빌어먹을 놈."
노인은 꼭 일부러 순화된 욕을 골라서 하는 듯 투덜거리면서 비질을 멈추지 않았다.
 장건은 노인의 비질을 보면서 더 놀랐다.
 지난번 경내에서 비질을 할 때와 행동은 크게 달라보이지는 않는데 결과가 사뭇 달랐다.
 탁 탁 쳐내는 듯 비질을 했는데, 그때마다 거무죽죽하게 죽은 풀과 나무가 고운 재가 되어 쓸렸다. 말라비틀어지긴 했어도 한 아름이나 되는 나무가 고스란히 재가 되어 쓸리는 것이다.
 더구나 재가 되면 바람에 날리기도 쉬울 텐데 용케도 한곳에만 쌓이고 있었다.
 그 정도라면 그냥 신기하다, 하고 말 터인데 기가 막힌 광경은 바로 그 다음이었다.
 사악 사악.
 비질을 할 때마다 검은 칠을 벗겨내는 듯, 다시 자연 그대로의 원래 색이 돌아오고 있었던 것이다. 이미 죽은 풀과 나무들은 어쩔 수 없지만 대지는 점차 황토빛을 되찾고 있었다.
 '같다!'
 장건은 노인의 모습에서 검성 윤언강의 자연스러움을 보았다. 그리고 그 이상의 무엇을 더 보았다.
 "할아버지는 60년 동안 사과만 닦으신 게 아닌가 봐요."
 노인이 투덜거리면서 대꾸했다.
 "나는 60년 동안 사과만 닦을 정도로 할 일이 없는 사람이 아니라니까? 뭐, 굳이 말하자면 사실은 비질한 시간이 더 많았지."

"그럴 줄 알았어요."

"에이, 얼마나 지독하게 푼 거야? 이제 겨우 반 했네."

노인은 아무렇지 않게 말했지만 장건은 그게 아무렇지 않은 일이 아니라는 걸 알았다. 장건도 비질에는 자신이 있었지만 장건보다도 더 빠르게 많은 영역이 치워져 있었던 것이다.

노인은 잠시 빗자루를 옆에 세워두고는 재를 모아둔 곳으로 갔다. 어느새 재는 작은 산만큼이나 수북하게 쌓여 있었다.

"에이, 나쁜 놈. 에이, 못된 놈. 에이, 천하에 빌어먹을 놈."

노인은 아는 욕이 그것밖에 없는지 같은 욕을 내뱉으며 재를 꾹꾹 누르기 시작했다. 밀가루 반죽을 하듯 이리저리 꾹꾹 누르고 또 누르다 보니 재가 둥글게 뭉쳤다.

입김만 불어도 날리는 가벼운 재가 물이라도 적신 듯 둥글게 뭉치는 것도 역시 놀라운 일 중 하나였다.

노인은 거의 쌀 한 가마니 크기의 재 두 덩어리를 짊어지더니 장건에게 말했다.

"내 이것 좀 가져다 버리고 올 테니 가만히 기다리고 있거라. 쓸데없는 짓 하면 안 된다. 알겠지?"

끄덕끄덕.

노인은 종종 걸음으로 재를 짊어지고 부리나케 봉우리 반대쪽으로 갔다. 올 때만큼이나 돌아가는 발걸음도 빠르다.

노인이 보이지 않자 장건이 조심스레 일어섰다.

노인은 가만히 있으라 했지만 가만히 있을 장건이 아니었다.

장건은 이상한 생각이 들어 아직 거무죽죽한 태가 남아 있는 곳으로 갔다. 손끝으로 찍어서 맛을 보니 쓰고 텁텁한 맛이 났다.

"우엑."

장건은 퉤퉤 하고 침을 뱉고는 노인이 두고 간 빗자루를 들었다.

검성 윤언강의 사과 깎는 모습이 그러했던 것처럼 노인이 비질하는 모습도 너무 자연스러웠다.

그러나 그때와 달리 장건은 시야에 보이는 모든 사물을 한 번에 인식할 수 있는 안법을 익혔다.

지금 생각하면 검성 윤언강이 사과를 깎을 때에도 이 안법으로 보았으면 얼마나 좋을까 하는 생각이 들지만 이미 지나간 일이니 어쩔 수 없는 노릇이다.

"저 할아버지는 이상하게 명법을 쓰면 보이지 않으니 암법으로 봐야 한단 말야. 명법을 쓰면 어쩐지 알아채시는 것도 같고."

그래서 최대한 조심히 암법으로 내공을 운기해 노인의 비질하는 모습을 기억해 두었다. 명법보다는 떨어지지만 가까운 거리에서는 암법도 비슷하게나마 명법처럼 사물을 인식할 수 있다.
"그러니까 비질을 할 때……."
장건은 노인의 비질하는 모습을 하나하나 떠올리며 흉내를 내기 시작했다.

잠시 후 돌아온 노인은 기가 차다는 듯한 웃음소리로 웃었다.
"흘……. 얘가 진짜 남의 밑천을 빼먹는 데는 도가 텄구나."
장건은 열심히 비질을 하고 있었다. 노인처럼 닿는 족족 재로 만들고 원래 색을 되찾게는 하지 못한다.
그러나 분명 비슷하게는 하고 있다.
재보다는 굵은 모래 알갱이 정도.
원래의 황토빛까지는 아니지만 황토빛이 은은하게 비치는 회색빛.
잘 보면 장건이 든 빗자루의 끝에는 어슴프레한 기가 맺혀 있다. 빗자루의 쓸개 부분에 있는 싸리의 갈라진 가지 하나하나에 검기가 어려 검기 다발이 된 셈이다.
그것은 이전 장건이 아무것도 모르고 나무칼에 검기를 일으켰을 때보다 훨씬 더 성취가 깊어졌음을 단적으로 보여주는 것이었다.
노인은 고개를 끄덕거렸다.
힘 조절도 좋고 간소한 움직임도 좋았다. 보법을 밟아가며 최소한의 동선으로 효율적인 비질을 하는 것도 좋았다.
 그럼에도 장건이 노인처럼 하지 못하는 것은 내공이 부족하다는 점, 그 단 하나의 이유밖에 없었다.
 "얘야, 하지 말라니까 왜 이리 말을 안 들어? 몸은 이상하지 않고?"
 "네. 좀 공기가 탁하고 목이 아픈 것 빼고는 괜찮아요."
 "에긍, 그럴 거라 생각은 했다만. 빗자루나 이리 내라."
 "괜찮아요."
 "내가 하는 게 더 나을 것 같아서 그래."
 독에 내성이 없는 다른 사람이었다면 벌써 혼절을 하고 염라대왕의 지옥전 문 앞에까지 이르렀을 터였다.
 독선이 살포한 독을 남김없이 모두 회수했음에도 남은 잔재가 그 정도의 독성을 품고 있는 것이다.
 그래서 노인은 그리 급하게 치우러 올 수밖에 없었다.
 "저리 가서 옷을 털거라."
 "어휴! 생각보다 재가 많이 날리네요. 할아버지처럼은 못하겠어요."
 "나처럼 할 생각하지 말고 얼른 옷이나 털어."
 "나중에 빨아야 되는 거 아니에요?"
 "이런 몸에 안 좋은 가루는 바람에 터는 게 제일 좋아. 빨래를 하면 옷에 더 깊이 배인 단다."
 "아아, 그렇군요."

장건은 노인이 시키는 대로 몸과 옷에 붙은 재를 털었다. 용조수를 써 정성껏 털었다.

"잘 터네. 그렇게 털면 된다. 내 너처럼 잘 터는 아이는 처음 본다."

노인은 의미심장한 칭찬을 하더니 또다시 두 개의 커다란 잿덩어리를 만들고는 장건에게 작별을 고했다.

"자, 난 청소도 끝났으니 이만 가야겠다. 너도 슬슬 올라가 봐야지?"

"네. 그래야죠."

"잘 가거라."

"아참, 할아버지?"

"왜?"

"할아버지라고만 부르니까 이상한데, 함자를 좀 가르쳐 주세요. 뭐라고 부르면 돼요?"

노인은 말똥하게 눈을 뜨더니 피식 웃었다.

"이름을 불린 지가 하도 오래되어 이름을 잊어버렸지 뭐냐? 그냥 대충 네 마음대로 부르려무나."

노인은 자기 몸보다도 커다란 덩어리들을 들고 또 휘적휘적 가 버렸다. 올 때보다는 한결 여유로운 걸음이었다.

"안녕히 가세요!"

노인이 빗자루 대신 덩어리를 흔들었다.

키득.

독선(毒仙)의 방문 299

장건은 살짝 웃고는 깨끗해진 길을 보며 상쾌한 마음으로 어람봉을 올랐다.

*　　*　　*

 "풍경이 아주 좋구먼. 신선놀음이 따로 없네 그려. 허허허!"
 당사등은 홍오의 암자 앞마당 야외걸상에 앉아 발아래 펼쳐진 숭산의 웅장한 풍광을 바라보며 홍오가 따라준 차를 음미했다.
 "오두로 차를 끓이니 그냥 오두를 먹을 때하고는 또 다른 맛일세. 역시 독차(毒茶)는 이 맛에 마시는 게지. 난 자네처럼 차를 끓이려 해도 안 되던데 말일세."
 홍오가 쩝하고 입맛을 다셨다.
 텃밭이 쑥밭이 되어 그나마 남아 있는 귀한 초오들을 뽑아와 쟁여놓았는데 때마침 당사등이 오는 바람에 내어놓지 않을 수가 없었다.
 "빨리 용건이나 꺼내 보게. 대체 내게 경고를 해준다는 게 뭔가?"
 "거 당장 급한 일도 아닌데 다그치긴……. 쯧, 그 성격은 여태껏 못 버렸나?"
 "부동심은 불가의 표상일세. 함부로 버릴 수 있는 게 아니지."

"허허."

"뜸 들이지 말고 말해 봐. 도대체 나 모르게 무슨 일이 벌어지는 거야?"

당사등의 속마음은 어이가 없어 죽을 지경이다. 그 모든 일이 바로 홍오로부터 시작되지 않았던가.

하나 정작 본인이 모르고 있으니 어이가 없어도 한참이나 없다.

그러나 당사등은 조금도 내색하지 않았다. 오히려 이 기분을 더 느끼고 싶었다.

당사등이 여유롭고 기분 좋은 미소를 지으며 말했다.

"자네도 알다시피 나는 전부터 늘 자네 편을 들지 않았나. 자네야 별로 좋아하지 않았지만, 난 자네를 많이 좋아했지. 자넨 우리 중에서 가장 뛰어났고 또 강호의 모든 젊은 무인들에겐 우상이었으니 말일세."

"흠흠, 내가 소싯적에는 그랬었던 것도 같군."

"언강이 그 친구의 말을 듣고 나서, 아무래도 자네가 이번 일에 대해서 모를 것 같기에 자네에게 경고도 할 겸, 도움도 줄 겸 해서 온 걸세."

"그러니까 그 일이 뭐냐고."

"나도 다는 모르네. 하지만 곧 내 뒤에 올 친구에 대해서는 알지."

"이 친구 서론이 왜 이렇게 길어? 옛날에도 그랬나? 자네,

이런 성격이 아니었던 것 같은데."
 당사등이 웃으면서 홍오의 말을 받았다.
 "섭섭하이. 나는 그래도 자네가 친구라 생각해서 노구를 끌고 왔건만 자넨 날 하나도 생각하지 않고 있었구먼. 어떻게 그간 잘 지냈는지, 어땠는지도 묻지 않는가."
 아무리 홍오의 성격이 괴팍하다 해도 모처럼 도와주겠다고 온 이를 자꾸만 닦달할 수도 없는 노릇이었다. 게다가 엉덩이가 무겁기로 알려진 우내십존이 거의 동시에 움직이는 사상 초유의 사태, 그 이유에 대해서도 궁금하기 짝이 없었다.
 무슨 마교가 준동한 것도 아닌데 말이다.
 "흠흠……. 내가 너무 궁금하다 보니 그랬네."
 일부러 질질 끄는 게 뻔한데 홍오는 더 독촉하지도 못하고 속이 탔다.
 "자네가 궁금해하는 것 같으니 내 먼저 그 얘기를 하겠네. 그러니까 그게……."
 당사등이 막 입을 열려 하는데 멀리서 '대사니임!' 하고 앳된 소리가 들렸다.
 장건이 홍오의 암자로 올라온 것이다.
 그 순간 당사등의 눈이 이채를 발했다.
 "저 아이는……."
 홍오도 장건이 찾아올 줄은 몰랐기에 눈만 꿈벅거렸다.
 장건은 땀을 닦으며 홍오와 당사등이 차를 마시고 있는 곳으로 걸어왔다.

"정말 손님이 계셨네요?"

"응?"

"여기 떡 좀 가져다 드리라고 해서요."

장건이 내민 떡을 홍오가 받아들었다.

당사등은 홍오가 뭐라고 하기도 전에 장건에게 말했다.

"귀여운 아이로구나. 나는 홍오의 오랜 친구인 당사등이라고 한다. 사천에서 홍오를 만나러 왔지."

장건의 표정에 변화가 없자 당사등은 괜히 기분이 상해 한마디를 덧붙였다.

"강호의 친구들은 나를 독선이라 부른단다."

그래도 장건은 멀뚱히 볼 뿐이다. 독선이 검성처럼 별명인가보다 하는 얼굴이었다.

그것 역시 당사등이 윤언강에게 들은 대로다.

당사등은 입맛을 다시며 물었다.

"한데 너는……."

"아, 안녕하세요. 저는 장건이라고 합니다."

"호오, 그렇구나. 네가 장건이구나."

"네? 절 아세요?"

"그럼. 알다마다."

가만히 듣고 있던 홍오가 불길함을 느낄 무렵, 당사등이 그 이유를 말했다.

독선(毒仙)의 방문 303

"먼저 화산의 윤언강이라고 한 번 만난 적이 있지 않으냐? 검성이란 별호로 더 유명하다만."

"그럼요. 기억나죠."

홍오가 킬킬댔다.

"30년 동안 사과를 깎아온 달인 윤언강 선생이시지."

아주 찰나의 순간 당사등의 입가가 일그러지려 했지만, 당사등은 초인적인 인내로 그것을 참아냈다.

"우리는 다 오래전부터 알던 사이란다. 60년도 전부터 알고 살았으니 네가 태어나기 훨씬 전부터겠구나."

당사등이 홍오를 보고 물었다.

"이 아이가 자네의 진전을 잇는다는 그 아이던가?"

홍오가 늘어진 볼을 씰룩거렸다.

"언강이 놈이 잘도 나불거렸구만. 하지만 지금은 아냐. 사정이 좀 생겨서."

"저런! 그럼 언강이와의 약속도 깨진 게 아닌가."

"응?"

홍오가 놀란 눈으로 당사등을 쳐다보았다.

"자네가 그걸 어찌 알아? 언강이 놈이 나불댔구만!"

"쯧쯧. 언강이 그 친구가 많이 실망하겠구먼. 가만있자. 이것도 인연인데 이것 하나 주마."

당사등이 갑자기 생각난 듯 품에 손을 넣더니 대나무 잎으로 싼 당과를 하나 꺼내 주었다.

홍오가 마음에 안 드는 듯 투덜거렸다.

"이상한 거 안 넣었지?"

"무슨……. 이건 그냥 입이 심심해서 오다가 장터에서 산 걸세. 자네도 하나 줄까?"

"내놔 봐. 옛날부터 당 씨가 주는 건 믿고 먹을 게 못 된다고들 하잖아."

"원, 승려가 되어서 못하는 말이 없네 그려."

당사등은 손에 든 것을 홍오에게 주고 하나를 더 꺼냈다. 홍오는 당과를 꺼내 먹어 보더니 별 이상이 없다는 것을 알자 장건에게 고갯짓을 했다.

장건은 당과를 받아들고 꾸벅 인사를 했다.

"잘 먹겠습니다. 전 그럼 이만 내려가 볼게요."

홍오는 오랜만에 본 장건을 그대로 보내기 섭섭했으나 당사등과 할 얘기가 남아 붙잡기가 애매했다.

"인석아, 시간 나면 자주 좀 놀러와."

"헤헤, 그럴게요."

"말은……. 어여 가봐라. 내려가다가 꿩목이 놈한테도 잠깐 들르고. 널 기다리느라고 아주 눈알이 쑥 나왔더라."

"설마요."

"가보면 안다. 그럼 어여 가거라."

"예!"

장건은 합장을 하고는 암자를 내려갔다.

잠시 후, 장건의 모습이 보이지 않게 되자 당사등이 돌연 고개를 절레절레 저었다.
"똘똘한 아이로구먼."
"왜 입으로는 똘똘하다 해놓고 고개는 설레설레 저어?"
"걱정이 되니 그러지."
"무슨 걱정?"
홍오의 참을성이 드디어 바닥났다. 노래를 부르듯 입에 달던 부동심은 어딜 갔는지 소리를 버럭 질렀다.
"아, 이제 그만 아끼고 좀 털어놔. 대체 날 왜 찾아온 거야?"
당사등이 한숨을 쉰다. 어쩐지 안타깝다는 한숨이어서 홍오의 눈가가 절로 찌푸려졌다.
"나야 저 아이가 자네 진전을 잇지 않는다는 걸 직접 보고 들었으니 알겠네만……. 검성도 뭐 워낙 성격이 좋은 친구니 어쩔 수 없게 되었다 포기할지도 모르겠지만……."
뜸들이던 당사등이 고조된 어조로 말했다.
"다른 친구는 우리처럼 자네 말을 믿고 그렇게 생각할지 모르겠네."
"누굴 말하는 게야?"
당사등이 천천히 고개를 들고 홍오를 보며 말했다.
"청성일검(靑城一劍)."
"청성일검?"

청성일검 역시 우내십존의 일 인이다. 눈에 보이지도 않는 쾌검을 사용하는데, 성격이 잔혹하고 한 번 바람이 일 때마다 목이 하나 달아난다고 하여 도가의 문파 출신답지 않게 섬살야차(閃殺夜叉)라는 또 다른 별호로 유명하다.
"청성일검이 왜? 난 그놈 얼굴도 기억 안 나."
청성일검에 대한 홍오의 기억은 40년 전에서 끊겨 있다.
"청성일검의 이름이 풍진이었던가? 그래서? 그놈이 왜?"
홍오가 조급함을 참지 못하고 되물었다. 당사등의 말이 느릿느릿해서 기다리기가 답답하다.
"이 친구 정말 하나도 기억하지 못하는구먼."
"허! 내가 알아들을 수 있게 말해 봐!"
"청성일검 풍진, 그 친구는 자네에게 큰 앙심을 품고 있다네. 자네가 기억하든 기억하지 못하든."
"끄응!"
"그리고 풍진 그 친구는 아마도 곧 소림에 오게 될 것일세. 내가 할 수 있는 얘기는 그것뿐일세."
홍오가 부동심을 잃고 황당함을 드러냈다.
"그게 다야?"
사람을 한껏 궁금하게 해놓고 한다는 얘기가 고작 청성일검 풍진을 조심하라는 말이라니!
홍오는 기가 막히다. 우내십존 중의 일 인 독선이 아니고 다른 이였다면, 그가 승려가 아니었다면 당장에 머리를 수박처럼 으깨 버렸을지도 몰랐다.

"그러니까 풍진 그놈이 왜 내게 앙심을 품었냐 이거지!"

당사등이 고개를 저었다.

"나로서는 더 이상 얘기할 수 없네. 자세한 얘기는 알지도 못하고."

"고작 그딴 소리를 하려고 자네가 예까지 왔다고? 그게 말이 돼?"

"고작이 아니지. 풍진 그 친구가 스스로 자신의 오른팔을 베어 버린 것은 들었나?"

"들은 것도 같군. 연공 중에 미쳐서 그랬다던데?"

"그게 아닐세."

당사등이 한숨을 쉬며 말했다.

"자네의 하나밖에 없는 정식 제자 이름이 뭐였더라? 아까 들었는데, 굉……."

"굉목."

"그래. 그 굉목이 만약 강호를 떠나겠다, 자네와 연을 끊겠다 하지 않았다면 팔이 잘린 것은 굉목이었을 걸세. 풍진이 마침 청성을 나와 자네를 찾아오려던 때였거든."

"아니, 내 제자는 왜? 나도 참고 가만히 내버려두는데 제깟게 뭐라고 남의 제자 팔을 잘라? 이상한 놈일세?"

홍오는 짜증이 났는지 턱을 벅벅 긁었다. 아무리 보아도 전혀 승려답지 않은 모습에 당사등은 찌푸려지려는 얼굴을 애써

폈다.
 "아, 오라 그래. 제깟 놈이 와서 어쩔 거야?"
 "중요한 건 이미 풍진은 아까 그 장건이란 아이가 자네의 진전을 이었다고 들었다는 걸세. 그 친구의 성격이 워낙 불같아서 아이가 위험하게 될 걸세. 그래서 내가 풍진보다 서둘러 소림을 찾은 거지."
 "내가 아니라 장건이? 나한테 볼일이 있는데 왜 우리 건이를 건드려?"
 "그 아이뿐 아니라 자네도 마찬가지일세."
 자신이 위험하다는 말에 홍오의 자존심이 크게 상했다. 홍오의 눈썹이 들리고 눈에서 안광이 빛난다.
 "내가……, 위험할 거다? 그것도 소림의 산문 안에서?"
 "쯧쯧."
 당사등이 찻잔을 들고 앞으로 내밀었다. 그리고는 공력을 끌어올렸다.
 소매가 펄럭이더니 당사등의 머리카락이 날리기 시작한다. 옷에 바람이라도 들어간 듯 조금씩 부풀어 올랐다.
 "뭘 하는 게야?"
 홍오의 기분 나쁜 어조에도 아무 반응을 보이지 않고 오직 찻잔에만 집중한다.
 츠츳, 하고 모래를 부비는 소리가 나며 당사등의 찻잔에 담긴 찻물이 돌기 시작했다.

핑그르르.

작은 소용돌이와 함께 찻물의 중심에서부터 먹물처럼 검은 색이 피어난다. 찻물은 순식간에 시커멓게 변색되었다. 찻잔 안에 무엇이 들었는지 아무것도 보이지 않을 정도로 짙은 묵빛이다.

츠츠츠츠.

찻물이 몇 번의 회전을 하다가 다시 멈추었다. 당사등의 머리카락과 옷이 다시 잠잠하게 가라앉았다.

공력을 내린 것이다.

그리고 나서 당사등은 탁자에 찻잔을 내려놓고 홍오의 앞으로 밀었다. 찻물이 아니라 고약을 담은 것처럼 찻잔 안에서 검은 물이 일렁거렸다.

"자넨 전부터 독차를 좋아했지. 그럼 이 차도 마실 수 있겠나?"

홍오는 말이 없다.

이미 찻잔에서 풍기는 독기 때문에 공력을 끌어올린 상태다. 홍오의 옷자락도 한참 전에 팽팽하게 부풀어 있다. 수염이 물속에 잠긴 듯 하늘거린다.

얼마나 독기가 지독한지 숨을 쉴 수가 없었다.

그저 앞에 찻잔이 놓였을 뿐인데 주위가 온통 독기로 가득 찬 듯하다. 홍오는 그 기운이 자신의 몸 안으로 들어오지 않게 막는 것만으로도 상당한 공력을 사용하고 있었다.

독기만으로도 이런데 마신다는 것은 어불성설이다.

"지금의 자네라면 적어도 반년 이상은 걸려야 이 차의 독기를 해소시킬 수 있을 거네. 이것은 내가 평생이 걸려 이뤄낸 독의 정수일세."

홍오는 대답을 못했다.

당사등의 말이 맞다. 지금 이 차를 마신다면 분명 반년은 죽도록 고생을 해야 할 것이다.

당사등은 아무 말도 하지 못하는 홍오를 보며 말했다.

"60년이 지났네. 그리고 30년이 되었네. 자네가 소림에 갇혀 멈추어 있는 동안 우리는 강호를 주유하고 문파의 절기를 이어받으며 정진을 멈추지 않았네."

당사등은 검은 물이 일렁거리는 찻잔을 잡았다.

"우내십존이라는 명성은 과하나 결코 허명이 될 수는 없네. 내가 독선이라 불린 것도 마찬가지지."

당사등은 찻잔을 들어 과감히 자신의 입에 찻물을 털어 넣었다.

당사등은 처연한 얼굴로 홍오를 보다가 툭 던지듯 말했다.

"차 잘 마셨네. 내 경고를 무시하지 말게. 청성일검 풍진이 소림으로 오고 있네."

그 말을 끝으로 당사등은 몸을 돌렸다.

당사등이 암자를 떠나가는 걸 보면서도 홍오는 인사조차 건넬 수 없었다.

혼자 남은 홍오는 공력을 좀체 가라앉히지 못하고 있었다. 부르르르, 손이 떨렸다.

찌이익!

나무를 깎아 만든 간이 탁자에 금이 가기 시작하더니, 홍오가 힘껏 일장을 내려쳤다.

우직!

두께가 한 뼘이 넘는 탁자가 그대로 부서진다. 탁자가 부서지는데 무너지는 것은 홍오의 자존심이다.

홍오는 의자에서 벌떡 일어섰다.

굳게 다문 입술과 파르르 떨리는 긴 흰 눈썹은 상처 입은 그의 모습을 거칠게 대변하고 있었다.

입술에 피가 맺힌다.

가슴에도 피가 맺힌다.

"사부……. 사부가 원한 게 이런 겝니까?"

늘 사부가 원망스러웠지만 오늘만큼 원망스러운 적은 없었다.

일그러진 홍오의 얼굴은 그 끝을 알 수 없는 침통함으로 비참하게 젖어 있었다.

소림이……, 천하제일 소림이 이토록 무시를 당하고 있다니…….

당사등은 아직 소림을 완전히 떠난 것이 아니었다.

그의 얼굴에는 감출 수 없는 통쾌함이 가득했다. 일 갑자를 넘게 마음에 쌓아 놓았던 한(恨)이 이제야 조금 풀린 기분이다.

'하지만 이게 끝이 아니다!'

이 정도로는 그의 한을 모두 풀었다고 할 수 없다. 좀 더, 좀 더 화끈한 무엇이 필요하다. 아니, 그것을 위해 청성일검보다 먼저 소림을 찾았다.

당사등은 눈을 감았다.

이미 손은 써두었다.

눈을 감고 불어오는 바람을 느낀다.

휘이이.

그 바람 속에 당가의 비전 중 하나인 천리향(千里香)의 냄새가 섞여 있다.

천리향의 냄새는 아주 독특해서 보통 사람, 그리고 제아무리 내공이 높은 고수라 해도 냄새를 맡을 수가 없다. 특수한 약물 수련법으로 적응된 당가의 무인들만이 그 냄새를 맡는다.

당연히 표적이 되는 인물에게 천리향을 도포해 두면 당한 사람도 알 수가 없다. 그래서 천리향을 한 번 뿌려두면 결코 놓치는 법이 없다.

'사천당가의 표적이 되면 결코 달아날 수가 없다'고 하는 강호의 말은 절대 과장이 아니었다.

당사등은 장건에게 당과를 주면서 천리향을 슬쩍 뿌려 두었다. 딱히 공력을 일으키지 않았기에 홍오도 알 수가 없었다. 아니, 만약 공력을 일으켜 수를 썼더라도 홍오는 눈치챌 수가 없었을 것이다.

당사등은 이미 처음 홍오를 만난 때부터 그의 수준이 자신보다 뒤쳐져 있음을 확인했다.

'검성의 말이 맞았군.'

다른 이들과 달리 검성 윤언강은 수차례나 홍오를 찾아왔었다. 사부의 유언 때문에 소림에 갇히게 된 것도, 그 이후로 좌절하여 한동안 무공 수련을 게을리 한 것도, 그의 무공에 별 발전이 없음도 모두 안다.

불현듯 과거가 떠오르며 당사등의 눈이 살기로 번들거린다.

어람봉 초입에서 홍오를 만났을 때 그의 경지가 한참이나 뒤져 있는 것을 알고 단숨에 때려죽이고 싶은 마음이 얼마나 간절했는지 모른다.

감정에 좌우되어 함부로 손을 쓸 경지는 이미 오래전에 지났음에도 홍오만 생각하면 살심이 생긴다.

그가 독선이 되기까지의 과정에는 홍오에 대한 원한이 원동력이니 당연한 일이다.

비단 당사등 자신뿐만이 아니라 지금의 우내십존이 모두 그러하다. 다들 인정하는 바지만 홍오가 아니었다면 지금의 우내십존 역시 없을 것이다.

그렇기에 당사등은 더더욱 장건을 찾아야 했다. 단순히 홍오에게 복수를 하는 것으로는 성에 차지 않는다.
 천리향이 옷에 밴 이상 어디를 가든 장건은 당사등을 피할 수 없다.
 '별로 멀지 않은 곳이군.'
 당사등은 여유로운 모습으로 발을 놀렸다.

 장건은 굉목을 만나러 담백암으로 내려가려다가 왠지 중간에서 발길이 멈춰졌다.
 걷는 동안 내내 장건은 신경이 거슬렸다.
 "킁킁."
 장건이 코를 들썩였다.
 "아, 이거 뭐야."
 얼굴이 절로 찌푸려졌다.
 확실히 콕 집어서 말할 수 없는 이상한 냄새가 몸에서 나는 듯하다. 냄새가 왕창 나면 모르겠는데 나는 듯 안 나는 듯해서 더 기분이 꺼림칙하다.
 대나무 잎으로 싼 당과는 맛있게 먹었는데, 그때 묘하게 불쾌감이 들었다.
 그러더니 몸에서 계속 이상한 냄새가 나는 것 같다. 마치 이곳까지 오는 내내 길에다 냄새를 묻히고 온 듯한 그런 기분이었다.

독선(毒仙)의 방문

후각이 크게 발달되어 있다거나 해서 느끼는 것이 아니었다. 그냥 본능적으로 불결하고 찝찝한 것이다.

뭔지 알 수 없는 것이 장건의 결벽적인 느낌을 건드렸다. 꼭 해우소를 갔다 오는데 실수로 다른 사람의 배설물을 몸에 묻히고 온 기분이랄까?

"에이, 짜증나. 아까 재 묻은 게 안 떨어졌나? 할아버지가 잘 털었다고 하셨는데, 다른 게 묻었나?"

장건은 옷을 벗어 탈탈 털었다.

오래되고 묵은 때까지 싹 벗겨낸 위력의 용조수까지 사용해 먼지 한 톨 남지 않도록 털었다. 바지도 벗어 털었다.

기분이 개운해질 때까지 털고 또 털었다.

옷이 찢어지기 일보 직전까지 털고 나서야 찝찝한 기분이 좀 가셨다.

"킁킁."

그래도 몸에까지 냄새가 밴 것 같은 기분은 어쩔 수 없었다.

장건은 머리를 박박 긁다가 예전에 자주 가던 냇가가 있다는 것을 깨닫고 그쪽으로 향했다.

당사등은 천리향의 냄새가 나는 곳을 따라갔다.

천 리 밖에서도 사람을 찾아낸다는 천리향인데 소림 안에서 장건을 찾아내지 못할 리가 없다.

그런데.

"응?"

어느 순간부터 냄새가 희미해졌다.

"이게……, 어떻게 된 것인고?"

당사등은 '허어!' 하고 탄성을 냈다.

"천리향이 불량품이었나?"

그럴 리가 없다.

천리향을 비롯해 각종 독은 그가 직접 챙긴다.

"내 실력이 녹이 슬었나?"

그럴 리는 더더욱 없다. 홍오를 만나기 전부터 그는 최상의 몸 상태를 유지하고 있었다.

"그럼 도대체 왜 천리향이 옅어진 게지?"

아무리 생각해도 이유를 알 수가 없었다.

천리향이 어떤 것인가.

옷에 묻은 것을 알고 잿물로 박박 닦으면 오히려 향이 더 짙어지도록 만들어졌다. 천리향이 도포된 옷을 일다경만 입고 있어도 냄새가 몸에까지 배인다.

그렇게 지독한 향이다. 한 번 도포하여 정착되면 시간이 지나 향이 사라질 때까지 결코 떨어지지 않는 것이다.

그 천리향의 유일한 약점은 가루로 되어 있다는 점이다.

가루로 되어 있다는 약점 때문에 천리향이 도포된 직후, 일다경이 지나기 전에 바람결에 옷을 잘 털거나 옷을 벗어서 버리면 천리향의 냄새가 배이는 것은 막을 수 있다.

그러나 현실적으로는 천리향이 도포되는 것을 상대가 알 리가 없고, 눈치를 챘을 때에는 이미 일다경이 지난 직후다.

'홍오도 눈치채지 못했는데 설마 그 아이가 알았다고?'

그것이야말로 믿지 못할 일이다.

"그렇다고 멀쩡한 옷을 버렸을 리도 없고……."

당사등은 근래에 이렇게 당혹스러워 보긴 처음이었다.

"허어, 이것 참."

기감을 퍼뜨려 찾아보는 방법도 있지만 그것은 그 아이가 홍오만큼의 존재감을 가지고 있을 때의 얘기다.

"할 수 없군."

당사등은 그나마 흐릿하게 남아 있는 천리향의 냄새에 집중했다.

너무 냄새가 연하게 흩어져 버려서 방향을 도저히 감지할 수가 없었다.

"끙!"

당사등은 눈에 불을 켰다.

"그래봐야 갈 곳은 뻔하지!"

홍오가 굉목의 암자로 가보라 했다. 산중턱에 있는 작은 암자를 올라오면서 보았다.

"거기가 아니라면 아직 봉우리를 내려가고 있을 터."

어차피 길은 하나뿐이다.

냄새가 길이 아닌 다른 쪽 방향에서 살짝 풍겨오는 것이 불안했으나, 당사등은 통상적이고 논리적인 결과를 따르기로 했다.

 당사등은 날듯이 경공을 사용하여 봉우리 아래로 뛰어 내려갔다. 아무래도 아이보다는 몇 배나 걸음이 빠르니 만일 아이가 봉우리를 내려가고 있다면 반드시 만나게 될 것이다. 거기에는 중간에 홍오가 장건에게 들르라고 했던 굉목의 암자에도 있는지 확인하는 것도 포함된다.

 만약 어람봉 아래까지 내려갔는데도 없다면 다시 올라오며 찾아야 한다.

 '의외로 촉박할지도 모르겠군.'

 홍오에게 자신이 아직도 이곳에 있다는 걸 들키면 분명 수상하다 여길 것이다. 그러니 들키기 전에 조금이라도 빨리 장건이란 아이를 찾아야 했다.

 '이렇게 계획이 비틀릴 줄이야!'

 자신이 기파를 뿜었을 때 홍오가 알아챌 수 있는 시간은 어람봉 초입에서 만날 때 미리 계산해 두었다. 그러나 계획이 틀어졌으니 그 시간을 더 앞당겨야 한다.

 당사등은 독선이 된 이래 최초로 온 힘을 다해 신법을 발휘했다. 이렇게까지 달려본 게 얼마만인지 기억도 잘 나지 않는다.

 '이 나이에 천리향 하나 제대로 도포하지 못해 이 무슨 꼴인고.'

왠지 모르게 서글픔이 드는 당사등이었다.

　당사등이 전력으로 어람봉을 내려가는 동안, 장건은 느릅나무가 있는 곳에서 모처럼 콧노래를 부르며 개운하게 찬물에 몸을 담그고 있었다.
　"아! 시워언하다!"

　　　　　　　　　　　　　『일보신권』 4권에서 계속

흑마법사 무림에 가다

박정수 판타지 장편 소설

FUSION FANTASY STORY & ADVENTURE

『마법사 무림에 가다』의 박정수!
이번에는 흑마법으로 무림을 평정한다.
마교에서 부활한 대흑마법사 마현의 무림종횡기!

무림인들은 자기 실력의 3할은 숨겨 둔다고?
그렇다면 내가 숨겨 둔 비장의 3할은 바로 흑마법이다!

dream books
드림북스

제 1 탄!

『리턴』,『얼음군주』의 작가 발렌

그가 선보이는 **자유롭고 유쾌한 상상력**

마법군주
인 칼리스타

미천한 하인에게 죽음과 함께 찾아온 영혼의 부활
기적처럼 뒤바뀐 한 남자의 운명이 대륙의 역사를 새로 쓴다

제2탄, 이환 작가의 판타지 『숲의 종족 클로네』 9월 출간

푸짐한 사은품 증정!!

EVENT ONE

이벤트를 진행하는 2종의 책을 '모두 구입하신 분들 중' 추첨을 통해 사은품을 드립니다.

[사은품]
1명 : <코원 iAUDIO U5 (4G)> + 2종의 3권(작가 친필사인)
('EVENT ONE에 참여하신 분들 중 20명'에게 작가 친필사인이 들어 있는 2종의 3권을 드립니다.)

[응모요령]
1,2권 띠지에 부착된 응모권 4개를 오려 드림북스로 보내주세요.

EVENT TWO

이벤트를 진행하는 2종의 책을 개별적으로 구입하신 분들 중' 추첨을 통해 사은품을 드립니다.

[사은품]
2명 : <백화점 상품권(10만원)> + 구입한 도서의 3권(작가 친필사인)
(『마법군주』(1명), 『숲의 종족 클로네』(1명))

[응모요령]
1,2권 띠지에 부착된 응모권 2개를 오려 드림북스로 보내주세요.

EVENT THREE

책을 읽고 감상평을 올리시는 분들 중 11명을 추첨하여 사은품을 드립니다.

[사은품]
으뜸상(1명) : <민트패드(4G)> + 서평을 쓴 도서의 3권(작가 친필사인)
우수상(10명) : 문화상품권(1만원) + 서평을 쓴 도서의 3권(작가 친필사인)

[응모요령]
1. 이벤트 진행 도서들 중 하나를 읽고 인터넷 서점(YES24) 리뷰란에 감상평을 올려주세요.
2. 그 감상평을 복사하여 웹 게시판(개인 블로그 및 홈페이지)에 올려주신 후, 게시물의 URL을 '드림북스 편집부 이메일'로 보내주세요.

[보내주실 곳] (우)142-815 서울시 강북구 미아8동 322-10
　　　　　　　(주)삼양출판사 2층 드림북스 이벤트 담당자 앞
　　　　　　　드림북스 편집부 e-mail : sybooks@empal.com

[이벤트 기간] 2009년 9월 21일~2009년 10월 21일

[당첨자 발표] 2009년 10월 30일(당사 홈페이지 및 장르문학 전문 사이트에 발표합니다.)

드림북스 홈페이지 http://www.sydreambooks.com
드림북스 블로그 http://blog.naver.com/dream_books
문피아 사이트 http://www.munpia.com/출판사 소식/드림북스
조아라 사이트 http://www.joara.com/출판사 소식

※ 응모권을 보내주실 때는 '이름, 연락처, 주소'를 정확히 기입해 주세요.
※ 사은품은 이벤트 진행도서 2종의 3권의 책이 모두 출간된 직후 일괄 배송합니다.
※ 사은품은 상기 이미지와 다를 수 있습니다.

군림마도

君臨魔道

건아성 신무협 장편소설

ORIENTAL FANTASY STORY & ADVENTURE

감성무협의 신기원을 열었던 『은거기인』의 작가 건아성!

이번엔 배신과 음모가 판치는 비정한 사파인들의 이야기로
끊임없이 변화를 추구하는 작가주의의 진면목을 보여준다!

**하북 호혈관에서 시작된 강호 대파란.
이제 사파의 이름으로 천하 무림을 굽어보리라!**

dream books
드림북스